オズマ
ザザ
アーヴィン
クロエ

シスターアンジェ
Character
Legendary Me

CONTENTS

Legendary Me

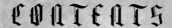

伝説の俺2

マサイ

BRAVENOVEL
ブレイブ文庫

プロローグ　メディカルサキュバス・リターンズ

「いかがでしょう？　昂《たかぶ》ってこられましたか？」

「あ、ああ……」

足下に跪《ひざまず》いたメイドが俺のモノを手に取り、先端を自らのはだけた胸へと擦りつける。

赤黒い亀頭に押し潰されて、魅惑的なピンクの突起がグニュッと歪んだ。

そんなあまりにも淫靡な光景に、知らず知らずの内に呼吸が荒くなる。

「遠慮は必要ございません。これは医療行為なのですから。さあ、思う存分ワタクシにオズマさまの劣情をぶつけてくださいまし……」

彼女は俺のモノを扱きつつ、乳輪の輪郭をなぞるように先端を擦りつけながら、誘うような視線を向けてきた。

医療行為というのは、比喩ではない。

これは、俺の睾丸の奥で生成される媚薬を抜き取り、無効化するために必要な措置なのだ。

術後の有効期限は一か月、それを越えれば再び彼女に施術してもらう必要があると、そう聞いていた。だが、つい昨日、一か月と経たずに再び媚薬の分泌が確認されたのだ。

「っ……ジゼル、頼むから焦《じ》らすのはやめてくれ」

「かしこまりました。では、存分にお楽しみくださいませ」

彼女は淫らに目を細め、剛直を乳房で挟みこむ。真綿のような柔らかな肉鞠の感触が、硬く張り詰めた俺のモノを包みこんだ。

「んっ……ぁ……」

思わず情けない声が洩れる。

人並み以上に豊かな乳房。男を魅了して止まない母性の象徴で己の分身を挟まれる喜悦に、思わず頬が緩んだ。

「では、ジゼルのおっぱい、どうぞお楽しみください」

口内に溜めた唾液を胸の谷間にトロリと垂らし、彼女は両手で寄せた胸を揺すり始める。

感触の心地良さもさることながら、たわわに実った白いバストが眼前で弾む様子は、見ているだけで至福の気分になる。

「んっ……くっ……」

あまりの気持ちよさに眉根を寄せると、彼女はどこか嗜虐的《しぎゃくてき》な笑みを浮かべ、更に大きく胸を揺すった。

「ふふっ……可愛らしい反応ですこと。もっと気持ちよくして差し上げますからね」

乳房を寄せて圧迫感を強め、双乳を揺らす速度を上げる。彼女は再び唾液を胸の間へと垂らして、硬く張り詰めた逸物をゆさゆさと扱いた。

「ぐっ……」

膨れ上がる快感に、俺は思わず背筋を震わせる。

「オズマさま、まさかこの程度で降参でございますか？」

「そ、そんなわけないだろ」

実際は無茶苦茶追い込まれているのだが、煽られると張り合ってしまうのは性分。男の意地みたいなものだ。

「然様でございますか。では、こういうのはいかがでございましょう？」

ジゼルは胸を上下に揺すりつつ、舌を伸ばして膨れ上がった先端を舐め回し始めた。

「れろっ、れろれろっ……ちゅぱっ、れろろろろっ……」

「ぐっ、おおおっ……」

パイズリフェラのあまりにも鮮烈な刺激に、俺はピクンと腰を震わせる。

「ぐっ……ジ、ジゼル、そ、それ、ヤバい。マジでヤバい。気を抜いたらすぐにイキそう……」

「んっ、んちゅっ、ぷはっ、遠慮なさらずいつでもイってくださいまし。オズマさまの媚薬入り赤ちゃんミルク、ワタクシが全部飲ませていただきますので」

美少女メイドは更に顔を落として亀頭を咥え、胸を揺すりながら雁首までをしゃぶりだした。

「んっ、んちゅっ、ちゅぱっ！　んふっ、んんっ、ちゅううっ！」

「はあっ……」

柔らかな乳房と瑞々しい唇の二重奉仕に、俺は必死に指で宙を掻いて抗う。下腹部と足に力をこめ、必死に射精を堪《こら》えると、無駄な抵抗だと言わんばかりにジゼルの責めが激しさを増した。

「んふっ、んんんっ！　んっ、んちゅるっ、じゅるっ！　んふっ、れろれろっ、じゅるるるっ！」

日没間際の寝室。カーテンの隙間から差し込むオレンジの斜光が、ベッド上で行われている淫靡な行為の影を絨毯に描く。かすかな吐息と口唇奉仕の淫靡な水音が、静かな部屋にやけに大きく木霊していた。

「くっ、ダ、ダメだ！　イ、イクっ……」

「どうぞお出しください。ジゼルのご奉仕で、溜まったものを存分に吐き出してくださいませ」

ジゼルが熱っぽい瞳で俺を見上げる。

その瞬間、怒張がビクンッと脈打った。

通常の射精とは全く違う、無理やり全てを引き摺り出されるような感覚。ビュッ、ビュビュッと矢継ぎ早に噴き上がる精を、美少女メイドがうっとりとした表情で飲み干していく。

そして幾度もの脈動の末に、彼女は尿道に残った精をズズと啜り上げ、ゴクンと喉を鳴らして嚥下《えんげ》した。

「うふっ……たくさんお出しになりましたね。ジゼルのおっぱい、お気に召していただけましたか？」

「あ、ああ……その、気持ち良かった……すごく。今までで一番かも……」

「まあ、オズマさま。そんなことを仰ると奥さま方に嫉妬されてしまいます。お三方に虐められてしまったら、ジゼルは泣いてしまうかもしれません」

「虐められて泣くようなタマじゃないだろ、お前は……」

よよよとわざとらしい泣き真似をするメイドに、俺はジトッとした目を向ける。

「それにしても、オズマさまも節操というものがございませんね。あれだけ『シャーリーを愛してる』とか、『俺はシャーリー一筋だ』とか仰っておきながら、その舌の根も乾かぬ内に、立て続けにお二方も娶《めと》られるなんて」

「あれは……その、ふ、不可抗力だから！」

「いずれにせよ、三人の奥さまを愛さねばならないわけですから、媚薬の除去は念入りに行いませんと……」

ジゼルは俺の胸を軽く突いて、ベッドへと横たわらせる。

言いわけにしかならないが、少なくとも前回、この医療行為を受けた時点では、シャーリー以外の妻を娶るつもりはなかった。ウソじゃない。誓ってもいい。

それが、新たに二人の妻を娶ることになったターニングポイントは、間違いなくあのアカデミーと神官学校との対抗戦であろう。

あそこからまるで運命に追い立てられるように、二人の少女を妻として娶ることになってしまったのだ。

（……もちろん、嫌なわけではないけれど）

「それでは治療を続けます。どうぞ、ワタクシの胎内《なか》にたっぷりとお出しくださいませ」

熱っぽい表情を浮かべながら俺の腰を跨ぐジゼル。たわわに実った白い乳房を下から見上げながら、俺は対抗戦での出来事を思い起こしていた。

第一章　水属性VS水属性

ザワザワと、風に揺らぐ葦《あし》のようなざわめきが円形闘技場を包んでいる。

アカデミーと神官学校との対抗戦。

正午に始まった一回戦第一試合、すなわち今大会の初戦は、炎属性同士の対戦であった。

そもそも、この時代における炎属性はハズレ属性と見なされている。最初の試合が炎属性なのは前座扱いだと言い換えてもいいのかもしれない。

アカデミー側の出場者は、俺とアーヴィン。

昨年はアカデミー側に炎属性の出場者はなく、神官学校側の不戦勝だったと聞いている。

それだけに対戦相手の神官二人は、明らかに俺たちを侮っていた。

ところが、ところがである。

蓋を開けてみれば俺たちの完勝。それも試合開始わずか数秒での決着であった。

試合前は、この国の第二王女であるアーヴィンの出場に盛り上がっていた歓声が、試合後には全く質の違うざわつきへと変わっている。

ほとんど事故のような決着だったにもかかわらず、試合前にはアーヴィンに集まっていたはずの注目が、たった一撃で神官たちを屠《ほふ》ってしまった俺へと移っていた。

「あんなに目立つなって言われてたのに、バカなの？　死ぬの？」

第二試合の出場者、ザザとクロエが闘技舞台へと上がる背中を眺めながら、アーヴィンが呆れ口調で肩を竦《すく》める。

「不可抗力だってば……まさか、あんなので死ぬとか予想できるかよ」

相手が撃ち込んできた火球を相殺するために、爆発効果を付与した火球を撃ち込んだら、勝手に巻き込まれて爆死したのだ。断じて俺のせいではない。

この対抗戦はお祭りめいたイベントでありながら、ガチの殺し合いである。

そんな無茶苦茶なことができるのも、正教会のトップ――大司教の固有魔法である『時の楔《クロッカウエッジ》』があるから。

この魔法の領域内では発動中に起こった出来事を、後からなかったことにできるのだ。

「次は手を出さなくていいわよ。私がやるから」

「ああ、そうしてもらえると助かる」

これから始まる第二試合は、水属性同士の対戦。

ザザたちが勝てば、俺たちの次の対戦相手は彼女たちとなる。

普段から仲のいい女友達とガチの殺し合いをしろと言われても、俺としては正直困るのだが、この気の強いお姫さまには関係なさそうだ。

舞台上では早くもザザたちと対戦相手との舌戦が始まっている。流石に何を話しているのかまでは聞き取れないが、相手は先日食堂で対峙した、あのガラの悪い双子のシスターである。聞くに堪えない罵詈雑言が飛び交っているであろうことは想像に難くない。

「……勝てるかしら」

「大丈夫だって、ザザもクロエも前よりずっと強くなってる」

そうは言ったものの、それは気休め。正直に言うと厳しいと思う。

食堂で対峙した時点で、双子のシスターは水属性上位の氷結系魔法を操っていた。

実力は明らかに向こうのほうが上。それでも俺たちと共に血の滲むような特訓を重ねてきたザザとクロエなら、きっと実力差をひっくり返してくれる。そう信じたかった。

私——ザザが、クロエと一緒に闘技舞台に上がると、向こう正面には既に双子のシスターが挑発するような表情で待ち受けていた。

同じ銀髪に同じ童顔。髪の分け目が左右対称なこと以外は、全く瓜二つの小柄なシスター。

「あん？　どんなヤツかと思ったら、食堂でアンジェにビビり倒してた雑魚じゃん」

「アカデミーってのは、よっぽど人手が足りないらしいね、姉さん」

双子は、小馬鹿にするような態度を見せる。

だが、この程度の挑発は想定内。私は、それを余裕綽綽《しゃくしゃく》に受け止めてやった。

「誰かと思えばシスターアンジェの腰巾着じゃないの。あらあら、迷い込んじゃったの？　ここはお子様が来るところじゃないわよ？　飴《あめ》あげるから、公園の砂場で穴でも掘ってたら？」

「んだと！」

「こーら、ザザ、挑発しないの。ちっちゃな子相手に大人げないんだから」

「誰がちっちゃな子だ！　ぶっ殺すぞ！」

諫《いさ》めるフリをして、さらに油をぶっかけるクロエ。二人して可燃性の高すぎる双子のシスター。

おかげで試合開始前から舞台上は、これ以上ないほどにヒートアップしていた。

私はちらりと背後、入場口の辺りからこちらを見ている、今一番気になっている男の子の姿を盗み見る。

（見ててよ……オズくん）

彼は、色々と型破りではある。

その身に精霊を宿したのは二週間前だというのに、既に完全に使いこなしているし、精霊力は測定不能レベルの強大さ。頭も良ければ、身体能力も凄い。その上見た目までいいのだから、炎属性だということと、若干デリカシーがないことを除けば、ほぼ完璧と言ってよかった。

女子の間では、同じく美男子のトマスとの妄想恋愛小説が出回っていたりするぐらいだし、まだアクションを起こしていなくても、彼を狙っている女子はかなりいると思う。

かくいう私も、彼のことがすごくすごく気になっている。

たぶん、姫殿下を除けば、オズくんと一番仲の良い女子は私。チャンスはあると思うのだ。

精霊王を伴侶とする王家の方々にしてみれば、オズくんだって恋愛対象外。もちろん、姫殿下もそのはずだ。だから、実質私が一番彼に近い女の子、そう言っても過言ではないと思っている。

(決めた！　この試合が終わったら告白する！　そのために絶対勝つ！)

願掛けみたいなものかもしれない。それでも……乗り越えた先にご褒美があると思えば、強くなれるような気がした。

《それでは一回戦第二試合、水属性同士の対戦です！　大司教さま、『時の楔《クロックウエッジ》』をお願いいたします！》

アナウンスが観客を煽るように、そう告げる。

そして一拍の間を置き、舞台上に青白い光が満ちた。大司教猊下の固有魔法が発動したのだ。

《それでは、試合開始です！》

アナウンスがそう告げると、観客席で高波のように歓声が沸き上がる。

私たちとシスターは互いに弾かれるように背後へ跳んで、距離を取った。

「「「『水流刃《ウオーターカッター》』！」」」

初手は全員同じ、四人が四人とも同じ魔法を発動させる。定石どおりである。空気中の水分が集まって水の刃《やいば》となり、相手目掛けて撃ち込まれた。飛び交う水の刃。もちろん、これで勝負が決まるなんて、ここにいる誰も思ってはいない。

「クロエ！」

「まかせて！　『水触手《ウオーターテンタクル》』！」

クロエが魔法を発動させると、彼女の背からウネウネと無数の水の触手が突き出した。

「ひっ!?」

「うわっ！　キモっ！」

顔を引き攣らせる双子シスター。うん、気持ちはわかる。実際、かなり気持ち悪い。観客席からも悲鳴じみた声がいくつも聞こえてきた。

「うふふっ、可愛い可愛い触手ちゃん、そーれ、そーれ！」

だが、クロエは周囲の反応を気にする様子もなく、むしろ嬉々とした表情を浮かべて、飛来する水の刃を触手で叩き落としていく。

この『水触手《ウオーターテンタクル》』は、クロエがオズくんたちとの特訓の中で創り上げたオリジナル魔法だ。

魔法はイメージ。それは私もわかっているつもりだった。

だが、今にして思えば、水属性とはこういうものだという思い込みに捉われていたのだと思う。

例えば、最初に覚えるのは『水流刃《ウオーターカッター》』で、次が『水流槍《ウオーターランス》』……と、先人が創り上げたメソッドをただなぞっているだけだったのだ。

だが、オズくんは違った。

たぶん、正規の教育を受けてこなかったおかげで、精霊魔法に対する固定概念そのものが存在しないのだと思う。

彼は、対抗戦までに私とクロエが固有魔法を得られるところまで精霊力を向上させることは不可能だと判断するや否や、相手が対策しようのない新たな魔法を創ることを提案してきたのだ。

(いや……それで、なんで触手になるんだとは思うけどね……)

クロエ曰《いわ》く、国立博物館に展示されている大英雄オズマ由来の春本。そこに描かれた触手に襲われる女性の絵姿を見て以来、ずっと気になっていたのだという。

「あー……要はオズマのせいってことね」

と、姫殿下。それを聞いたオズくんは、なぜか酷《ひど》く落ち込んだような顔をしていた。

だが、この『水触手《ウオーターテンタクル》』は見た目のグロさとは裏腹に、強固な防御力を誇っている。

縦横無尽に敵の魔法を撃ち落としてくれるおかげで、攻撃に全力を傾けられるようになった私は、手数を増やして双子シスターを圧倒し始めていた。

「キモイ！　キモいんだよ！　てめぇ！」

双子シスターの罵倒は「キモイ」の一辺倒。気の利いたことを言う余裕もないらしい。今や誰の眼にも、私たちのほうが優勢に見えているはずだ。

(今だ！)

私は、一気に勝負を決めるべく動いた。

この対抗戦に於いて、武器の持ち込みは禁じられている。だが、魔法で武器を生成することを禁じられてはいない。

クロエが『水触手《ウオーターテンタクル》』を編み出したように、私もまた、切り札となる魔法を創り上げていた。

特訓の最終日、オズくんの指導の下、私は水を固形化することに成功していたのである。

氷ではない、常温の硬い水。

そんな、常識の埒外の物を作り出すことに成功していたのだ。

とはいえ練度は最低限。生成するにしても、今はナイフ一本が精いっぱい。

クロエの『水触手《ウオーターテンタクル》』に守られながら、私は生成したナイフを片手に、双子シスターのほうへと駆け出した。

精霊魔法の使い手の多くは、近接戦闘を苦手としている。

一方、我がドール家は先祖を辿れば傭兵団。先祖代々脳筋気味の戦闘狂揃いである。

それだけに、我が家においては魔法は二の次、三の次。そんな家だから、五つ年上の兄が炎属性だったとしても、何ら不遇を囲うこともなかったのだ。

その代わり我が家では、幼少時から嫌でも近接戦闘技術を叩き込まれる。

魔法戦闘にあるまじき突貫に、慌てて後退る《あとずさ》双子シスター。

私は一足飛びに双子の片割れ、その懐に飛び込んでナイフを振りかぶった。

陽光に照らされて、水の刃がギラリと光る。

(これで終わりだ！)

だが、私が胸の内でそう叫ぶのと前後して、背後からオズくんの切羽詰まったような声が聞こえた。

「ダメだ、ザザッ！　逃げろ！」

その瞬間私の目に、ニヤリと双子の口元が同時に歪むのが見えた。

勝利を確信した笑み、嘲《あざけ》るようなそんな笑み。

ヤバいとそう思った時には、もう手遅れだった。

私の足下で精霊力が膨れ上がる。凄まじい勢いで地面から突き出してくる氷の切っ先。それは食堂で争った時にも目にした、双子の固有魔法『氷柱《アイシクル》』。

「ひっ⁉」

優勢であるが故に、意識が前のめりになったその瞬間を狙っての不意打ち。予想外の角度からの攻撃。

そして、身体《からだ》のど真ん中を貫かれ、鋭い痛みが走ったその瞬間――

私の意識が、プツリと途切れた。


俺の隣で、息を呑む音がした。

「うそ……」

蒼ざめた顔で、口元を押さえるアーヴィン。

股間から頭頂部までを『氷柱《アイシクル》』で一気に貫かれ、ザザとクロエ、二人の黒目が上向きにひっくり返る。ボトボトと滴り落ちる血が、氷柱を赤く染め上げていた。

無惨な結末。悲惨な敗北。晒される少女の串刺し。

そのあまりにも凄惨な光景に、会場は水を打ったかのように静まり返る。

《し……勝者！　神官学校選抜！》

流石にこの光景は、見るに堪えないと思ったのだろう。勝敗を告げるアナウンスと共に、慌ただしく『時の楔《クロッカウエッジ》』が解除され、舞台上の時間がリセットされた。

試合開始時点の位置に、傷一つない状態で姿を現すザザとクロエ。

だが、二人はそのまま床へと蹲《うずく》まった。

「うっ……くっ……はぁ、はぁ、はぁ……」

荒い吐息と額から流れ落ちる汗。ザザが死の恐怖に青ざめた顔を上げると、双子の片割れがクスクスと笑いながら、いやらしく頬を歪ませる。

「どうだったかしらァ？　なかなか刺激的な初体験だったでしょ！　あー……ごめんごめん。アカデミーのビッチどもはヤリまくりだもんね。処女膜なんか残ってるわけないよね」

「い、言わせておけば……」

ザザが呻《うめ》くように口を開くと、双子の片割れが不愉快げに片眉を跳ね上げる。

「うるせぇ、バーカ。弱いくせに吠えんじゃねーっての。なんならもう一回串刺しにしてやろうか？　あぁん！」

「こ、このっ……上等だっ！」

ザザが小刻みに身を震わせながら立ち上がろうとしたその瞬間、クロエが背後で泣き崩れた。

「いやぁ……ゆ、許してぇ、もうイヤぁああああ！　もうあんなのいやぁああああああ！」

「クロエ……」

泣き喚くクロエ。そんな彼女を目にして、呆然と肩を落とすザザ。

「はっ、二度と偉そうな口きくんじゃねぇぞ、この負け犬が」

蔑むように鼻を鳴らすと、双子のシスターは踵《きびす》を返して闘技舞台を下りて行った。

騒然とする観客席。救護担当の神官たちが慌ただしく舞台上に駆け上がり、泣き喚くクロエと茫然自失のザザを担架に乗せて、医務室へと搬送する。

俺とアーヴィンが二人の後を追って医務室に辿り着くと、一番奥の寝台、カーテンの向こう側から、クロエの泣き喚く声が響いていた。

その手前のベンチの上では、相方と敗北の悔しさを分かち合うこともできずに、膝を抱えたザザが独り静かに泣いている。

俺の隣で、アーヴィンが唇をぎゅっと噛み締めた。握った拳が震えている。

俺はザザの傍に歩み寄ると、静かに彼女の髪を撫でた。

「惜しかったな」

「……やめてよ、惨めになるから……さ」

彼女は膝の間に顔を埋めて、押し殺すような嗚咽を漏らす。

悔しいのは当然だ。

彼女たちの今日までの努力を思えば、この結果は決して見合ったものではない。

だが、現実というヤツは、時に非情なものなのだ。

俺は知らず知らずの内に三百年前、帝国に敗れ、スラム街の路地裏に惨めに横たわっていた自分自身の姿を彼女に重ねていた。

それ以上何も言えずに俯《うつむ》くと、アーヴィンが彼女を見下ろして、静かに口を開いた。

「……仇《かたき》はとってあげる」

表層的には普段と変わらぬ淡々とした態度。

だが彼女の周囲には、濃厚な怒気が渦巻いている。

ここしばらく、傍で彼女のことを見てきた俺にはわかる。

アーヴィンは、完全にキレていた。

「オズ……さっき言ったとおり、あなたは手を出さないで。あの双子は私が叩きのめすから」

「おい……落ち着けって」

「心配しなくて結構。私は冷静よ。対抗戦ですもの。傷つくのは仕方ないし、それを咎めるつもりはないわ。でも、友達を辱められて、平然としていられるほど大人じゃないの」

その瞬間、ザザは泣き腫らした顔を上げて、目を丸くした。

「友達……って言った？」

「な、なによ、文句ある？」

アーヴィンがプイとそっぽを向くと、ザザが俺にそっとこう囁いた。

「……懐かなかった犬が、突然じゃれてきたみたいな感じ」

実に幸いなことに、その一言はアーヴィンには聞こえなかったようだ。

第二章　土属性VS土属性

俺とアーヴィンが医務室を出て闘技場に戻るのとほぼ同時に、闘技舞台の中央付近で何かが激しく発光した。

「なんだ!?」

舞台上に眼を向けると、ちょうど黒焦げの人影が床へと崩れ落ちるところ。

それは第三試合、風属性同士の戦いが決着した瞬間——ボルツとイニアスが崩れ落ちる、まさにその瞬間であった。

「負け……か」

「……二連敗ね」

俺の呟きに、アーヴィンが溜め息交じりに応じる。

とはいえ、この結果は大方の予想どおり。

対戦相手は前回、前々回の優勝者で今回も優勝候補の筆頭、シスターアンジェである。

ボルツとイニアス本人たちですら、「勝てるわけないが、できるだけ善戦する」、それを目標にしていたぐらいなのだ。驚くことは何もない。

「ちっ！」

黒こげになった対戦相手を見下ろしながら、不機嫌そうに舌打ちをするシスターアンジェ。

「ったく、全く相手になんねーぞ、クソ雑魚どもが。ちっとは抵抗してくんなきゃ、面白くもなんともねーだろうが！」

黄土色の長い髪に、美人だがむちゃくちゃ気の強そう……というか凶暴そうな顔立ち。食堂で対峙した時から思ってはいたが、不良娘という形容がこれほどピタリと当てはまる人間も珍しい。

「……シスターってのは、みんなあんなにガラが悪いのか？」

「信仰する対象が悪いんでしょ」

はい、諸悪の根源ことオズマです。どうやら俺が悪いらしい。

それはともかく、シスターアンジェが身に着けているのは、僧衣ではなくシャーリー同様、露出度のやたらと高い甲冑。

他のシスターとは随分装いが異なる。何か特殊な事情でもあるのかもしれない。

「それにしても、おっかねー女だな」

俺がそう口にすると、アーヴィンがジトッとした視線を投げかけてきた。

「そんなこと、思ってないくせに」

「そんなことないぞ。怖い女は苦手なんだ。ああいう噛みついてきそうなのとは、特にお近づきにはなりたくないな」

「でも、勝てるんでしょ？」

「それはまあ、当然だな」

『時の楔《クロックウエッジ》』が解除されるとすぐに、救護担当の神官たちが敗者の二人へと駆け寄っていく。

ボルツとイニアスは茫然自失。いかに覚悟していようと黒焦げにされれば、流石にまともな精神状態ではいられない。

というわけでザザとクロエ同様、二人は早々に医務室へと運ばれていった。

遅れて、シスターアンジェたちが舞台から立ち去ると直ぐに、アナウンスが次の試合を告げる。

《一回戦第四試合は土属性――選手入場です》

ところが、周囲を見回してみても選手入場口にいるのは、俺とアーヴィンだけ。土属性の二人の姿がどこにも見当たらない。

「あれ……？」

《アカデミー代表！　トマス・バルサバルくん、アマンダ・カイロスさん！》

アナウンスに名を呼ばれても二人が姿を現さないことに、観客席がざわめき始めた。

「ちょ、ちょっと！　オズ！　あ、あの二人は何してるのよ！」

「知らないってば……」

アーヴィンが慌てふためいて声を荒げるも、そんなこと俺に言われたって困る。

とはいえ、このままでは棄権扱いになってしまう。

「捜しに行くか……」

だが、俺が駆け出そうとした途端、アーヴィンがそれを引き留めた。

「待って！　ほら、あれ！」

彼女の指さす先に目を向ければ、観客席の柵を乗り越えて、悠然と舞台へと歩いていく金髪の少年の姿が見える。

「トマス!?　なんでそんなとこから……」

俺が思わず首を傾げるのとほぼ同時に、外周通路のほうからこちらへと駆けてくる慌ただしい足音が聞こえてきた。

振り向けば、金髪縦ロールの髪を振り乱し、アマンダがこちらへと息せききって駆けてくるところ。

「何やってんのよ！」

「仕方ないじゃありませんの！　トマスが勝手にいなくなるから！　捜してたんですのよ！」

アーヴィンが咎めるように声を上げると、売り言葉に買い言葉とばかりに、アマンダが声を荒げる。そして、彼女は通り過ぎざまにわずかに足を止めて、アーヴィンへとこう言い放った。

「試合が終わりましたら、お話がございますの！　女王陛下が危ないかもしれませんわ！」

「「は？」」

思わず顔を見合わせる俺とアーヴィン。

「それはどういう意……」

だが、問い返そうとした時には、既にアマンダは舞台の上へと駆け出していて、俺とアーヴィンはお預けを食らった犬みたいな顔になった。

「と、とりあえず、試合が終わるのを待つしかないな」

「ええ……くだらない話だったら、縦ロールをプレスして真っ直ぐに伸ばしてやるわ」

(お嬢さま！　アイデンティティの危機でございますよ！)

ちらりと女王陛下のいる特別観覧席を見上げると、彼女の両脇にはシャーリーとタマラが控えている。タマラの実力はわからないが、少なくともシャーリーがいれば、大抵の相手には後れをとることもないはずだ。

そこから視線を下ろし、あらためて舞台上に目を向ければ、アマンダがトマスに向かって声を荒げていた。

危うく棄権する羽目になりそうだったのだ、アマンダにしてみれば文句の一つも言いたくなるのは当然。だが、トマスは小煩《こうるさ》げにあしらうばかり。

「あいつ、ホント、女の扱い下手だよなー」

「あなたよりはマシだと思うわよ」

俺の軽口に、アーヴィンが火の玉ストレートを打ち込んできた。うん、炎属性なだけに。

《続いて、神官学校代表！　フボニール・ミレーくん、ボブス・ケルヒくん》

アナウンスがそう告げると、向こう正面の入場口から、神官が二人舞台上へと姿を現す。

偏見かもしれないが、「あー……土属性っぽい」と思わずにはいられない、巨漢の男性二人組。

一人はガーゴイル像みたいな悪人面で、もう一人は細い目が笑っているかのような印象を与える、実に温厚そうな顔をしていた。

「確か、フボニールのほうは固有魔法持ちだったわよね。もう一人のほうは、ちょっとよくわからないけど……」

「強いのは目の細いほうだな」

「ええ、そうね。フボニールじゃないほう」

目を凝らせば、二人は土属性らしい黄土色の光を纏っているのが見えた。だが、その鮮やかさが明らかに違う。目の細いヤツの光のほうが数段強い。

やがて、『時の楔《クロツカウエッジ》』が発動して、青白い光が闘技舞台を覆うと、アナウンスが試合開始を告げた。


「トマス！　フボニールの固有魔法は――」

「わかってる。お前は自分の身を守ることだけに専念すればいい」

「はぁ……わかりましたわ」

ワタクシが素直に引き下がったのは、言っても無駄だから。

アカデミーでの模擬戦の時だって、ずっとそう。ワタクシの手が必要な時にだけ、トマスから短い指示が飛んでくるだけなのだ。

だが、それはそれでもう慣れた。

ぶっきら棒で愛想の欠片もないが、トマスの指示はいつも的確なのだ。そういう意味ではとても信頼している。

（それに……伴侶にするなら、こういう寡黙な殿方のほうが何かと楽でしょうし……）

そんなことを考えていると、フボニールではないほう。目の細いほうの神官が、穏やかな口調で語りかけてきた。

「我々は無用な争いを好みません。実力差は明らかですし、降参をお奨めしますよ」

物言いは丁寧だが、明らかに見下した態度が実に腹立たしい。

ワタクシが怒鳴りつけてやろうと口を開いたその瞬間――

「んおっ!?」

地面から土の槍が突き出して、その神官が慌てて身を仰《の》け反《ぞ》らせた。

ワタクシは、思わず肩を竦《すく》める。トマスはいつもそう。問答無用なのだ。

それを皮切りに、次から次へと土の槍が地面から突き出して、二人の神官へと襲いかかった。

「ま、待ちたまえ！　なんと無粋な！」

「知らん」

非難がましい神官の怒声を一言でばっさり切り捨てながら、トマスは次から次へと土槍を放つ。

一方、神官二人は襲いかかってくる土槍を躱《かわ》しながら背後へと飛び、悪人面のフボニールが地面に手をついて声を上げた。

「鉄化《アイアナイズ》！」

それは、昨年の対抗戦でも目にした彼の固有魔法。別段珍しいものではない。土系統で発現する固有魔法としては、比較的発現する者の多い魔法だ。

途端に、彼が手をついた場所を中心として床が変色していく。文字どおり手の触れた場所を鉄へと変質させる魔法である。

土系統の固有魔法には、鉱物系魔法へと変質するものが多く確認されている。

彼の場合は鉄。そして、鉄と化した床からは、土槍を生じさせることはできないのだ。

土槍による先制攻撃をしのがれてしまえば、次の展開は目に見えている。

「跳べ！」

「言われるまでもありませんわ！」

相手も土属性なのだ。逆襲とばかりに、今度はこちらへと突き出してくる土槍。ワタクシは背後へと跳躍しながら、土槍を土槍で迎撃する。

次から次へと土槍同士がぶつかりあって砕け、砂礫《されき》と化して飛び散った。

土系統同士の戦いは、往々にして土槍の応酬になりがちでその結果、濛々《もうもう》と砂埃が立ち込めて著しく視界が悪くなることがある。

「おい、ボブス！　何してる！　とっととやっちまえ！」

一向にヒットしない自分たちの攻撃に焦れたのか、フボニールが声を荒げると、目の細いほうの神官が、やれやれという雰囲気で肩を竦めた。

そして、彼は鉄と化した床に手をついて、魔法を発動させる。

「出でよ！　『雄牛《ブルズ》』！」

途端に鉄化した床が大きく盛り上がって、精悍な鉄の雄牛を形作った。

「……ゴーレムか」

斜め後から、トマスのそんな呟きが聞こえる。

あれが、目の細いほうの固有魔法なのだろう。

通常、ゴーレムの創造は、土属性なら中位以上の精霊力があれば充分可能なのだけれど、あれは鉄製。材質を問わずにゴーレムを創造できるというのなら、それはかなり凶悪な固有魔法といってもいい。

「ブモォオオッ！」

間髪入れずに、鉄の雄牛が床を蹴ってこちらへと突進してくる。硬質な金属の足音、一蹴りごとに床がひび割れた。

「ひっ!?」

その迫力に、ワタクシは思わず頰を引き攣《つ》らせる。

いけない。大英雄オズマの血を引く名門カイロス家の令嬢ともあろう者が、「ひっ!?」などとはしたない声を漏らしてしまうとは。

ワタクシは一つ咳払いをして、幾重にも魔法を発動した。

今、トマスの手を煩わせるわけにはいかない。

実は、トマスは既に固有魔法を発動している。彼の固有魔法は凶悪無比ではあるのだけれど、効果を発現するまでに少し時間がかかるのだ。

だから、ここを凌《しの》ぐのはワタクシの役目。

ワタクシは突進してくる鉄の塊の進路に、次から次へと分厚い土の壁を出現させた。

だが、雄牛の突進は凄まじい。発現させる尻から、脆くも土壁を突き破られていく。

雄牛の突進に崩れ落ちた土壁が濛々と砂煙を立ち昇らせ、壁の向こう側からは、神官たちの勝ち誇ったような笑い声が聞こえてきた。

残る壁は一枚。

（くっ、流石に、これはマズいですわね……）

ワタクシが思わず奥歯を噛み締めるのとほぼ同時に、トマスがいかにもつまらなさげに吐き捨てる。

「……くだらん」

その瞬間――

壁の向こうで「うっ!?」と、何かを喉に詰まらせたかのような短い声が響いて、雄牛の足音が止んだ。続いて、ドサッドサッと地面に倒れこむような音が二つ聞こえてくる。

そして、舞台が静寂に包まれ、観客席も水を打ったように静まり返った。

「……終わったのかしら?」

「ああ」

ワタクシの問いかけに、トマスが小さく頷く。

「ふぅ……」

大きく息を吐きながら冷や汗を拭い、目の前の壁を崩壊させると、その向こう側に神官二人が倒れているのが見えた。

敵ながら不憫《ふびん》としか言いようがない。最初の土槍の応酬の時点で彼らは終わっていたのだから。

《しょ……勝者!　アカデミー選抜!》

戸惑い交じりにアナウンスが勝ち名乗りを上げると、観客席もやはり戸惑い気味のどよめきで溢れ返った。

(まあ……何が起こったかわからなければ、そういう反応になりますわよね)

トマスが上位精霊へのアクセスを成功させ、固有魔法を手に入れたのは数日前。情報が洩れるほどの時間もない。

それがどんな魔法で、何が起こったのかは、恐らくここにいる誰にもわかっていないだろう。

それでいいのだ。それでワタクシたちの勝ちは揺るがない。

何が起こったかわからなければ、防ぎようもないのだから。


未だに衰えぬどよめきの中、トマスとアマンダが舞台を下りて入場口のほうへと戻ってくる。

《一回戦全四試合が終了しましたので、ここで半刻のインターバルを挟みます。次の対戦は、二回戦第一試合、炎属性アーヴィン姫殿下、オズ・スピナーくん対水属性シスターフェイ、シスターファランの対戦です。お見逃しなく！》

アナウンスがインターバルを告げると、トイレや買い物のためだろう、客席から人がゾロゾロと動き始め、試合中とは異なる指向性のないざわめきが闘技場に溢れ出した。

「おめでとう、いい試合だったな！」

ハイタッチしようと手を掲げた俺を、トマスはまるでそこに誰も居ないかのように素通りし、アマンダが慌てて彼を呼び止める。

「ちょ、ちょっと！　トマス！　それはあまりにも失礼じゃありませんの！　お待ちなさい、どこへ行くんですの！　もう！」

だが、トマスはアマンダのそんな声も無視して、さっさと外周通路のほうへと出て行ってしまった。

「ホントにもう……あの方には、協調性というものはないのかしら」

頭痛を堪えるような素振りを見せるアマンダに、俺は苦笑しながら声をかける。

「ははっ……とりあえず一勝おめでとう。すごかったな。何がどうなったのかよくわからなかったけど……」

「うふふ、内緒ですわ。お互い次の試合に勝てたら、その次で対戦することになりますし」

「ああ、そりゃそうだな」

終始押しているように見えた神官たちが唐突に倒れ、アナウンスがアカデミー側の勝利を宣言したのだ。観客にしてみれば、何が起こったのか全くわからなかったことだろう。

そして、わからないという意味では、俺も大差はない。

恐らく土煙を吸い込ませて、相手の肺の中で何かをしたのだろうと想像はしているが、それもあくまで推測に過ぎないからだ。

「そういえば、あなた方の次の相手は水属性の双子のシスターでしたわよね？　なかなか難敵のようですけれど……」

アマンダのその問いかけに、アーヴィンが澄まし顔で髪を掻き上げる。

「ええ、でも心配は無用よ。それよりあなたたちのほうが大変なんじゃないの？　シスターアンジェの攻略法は見えているのかしら？」

「それこそ心配ご無用ですわ」

アーヴィンとアマンダは目を見合わせて、互いに口元を弛めた。

この二人も、それなりに仲良くなっているのだとほっこりした気分になって、俺も話に割り込む。

「とりあえず、あの口の悪いシスターたちには、ちゃんと反省させてやらないとな」

すると、どういうわけか、アマンダが苦笑するような素振りを見せた。

「まあ、あれもシスターとしての貞淑さの表れですし、そこに目くじらを立てるのはどうかとも思いますけれど……」

「は？　貞淑？　どこが？」

誰がどう見たって、あのシスターたちの言動や振る舞いは貞淑さの対極にあるものだ。

むしろ著しく下品で、眉を顰《ひそ》めたくなる類のもの。

それこそ下町の酒場に屯《たむろ》するチンピラかなにかのような態度である。

思わず眉根を寄せる俺に、アーヴィンがぶっきら棒にこう言い放った。

「だから言ったでしょ、信仰する対象が悪いんだって」

「……どういう意味だよ」

「別にあのシスターたちを許すつもりはないけれど、彼女たちのあの口の悪さは、オズマ正教の教義に則《のっと》ったものだってこと」

「は？　いやいやいやいや！　全く意味わかんないんだけど！　神官とかシスターってのは、信徒たちの手本になるような人格者じゃなきゃいけないわけだろ、普通！」

するると、アマンダが呆れた顔で口を挟んできた。

「オズって時々、子供でも知ってるようなことを知らなかったりしますのね……シスターは処女として一生を終えなければならない戒律ですから、殿方の情欲を掻き立てるような振る舞いは禁じられておりますの」

「いや……情欲がどうこうって話なら、まずあの服装なんとかしろよ」

どう考えても、透け透けのシースルー僧衣とか、一番ダメなヤツだ。少なくとも俺は、かなり目のやり場に苦労している。

「あれは、オズマさまの好みを反映したものですから変えようがありませんの。だからその分、シスターたちは態度を刺々しいものにして男を遠ざけていると……まあ、そういうことですわ」

「なんだ、その頭のおかしい宗教!?」

俺が思わず声を上げると、アーヴィンが、ニヤニヤしながら口を開く。

「宗門に入ったら男が寄りつかないように、彼女たちはまず、互いに罵詈雑言を投げ合う訓練をするの。そして、自然に悪態をつけるようになったら、やっと僧衣を纏《まと》うことを許されるのよ」

「じゃあ……あのシスターたちの態度の悪さって」

呆然とする俺の耳元で、アーヴィンがこう囁いた。

「うん、アンタのせいってこと」

（いいかげんにしろ！　伝説のオレェェェェェェェェェエエエ！）

愕然とする俺の姿に、アマンダがきょとんとした顔をして、アーヴィンがクスクスと声を殺して笑う。

だが、そこでアーヴィンは急に身動きを止めると、思い出したかのようにいきなり切羽詰まったような声を上げた。

「そ、それより！　お母さまが狙われているかもしれないって、一体どういうことなのよ？」

「ああ、そう！　そうですわ！　先程階段の辺りでそれらしい話が聞こえましたの。小声でしたし、歓声もうるさかったので、はっきりと聞こえたわけではありませんけれど……」

「それで、ど、どんな話なの？」

「『設置が終わったか』とか『女王もこれで一巻の終わりだ』とか、かなり不穏な内容で、敬称もつけずに女王陛下をお呼びしている時点で不敬ですし……どう考えても、まともな話とは思えませんでしたわ」

アマンダのその話に、アーヴィンは親指の爪を噛むような素振りをしながら、厳しい表情を浮かべる。

「お母さまの居所がこれほど明確な状況というのは、あまりないことだし……暗殺を目論むなら、確かにこれ以上のチャンスは……」

俺は今にも駆け出しそうなアーヴィンを押しとどめて、こう問いかけた。

「ちょ、ちょっと待てって！　一国の女王陛下を暗殺って、そんなことを目論みそうな連中に心当たりがあるってことか？　まさか正教会とか……」

するると、アマンダが首を横に振る。

「少なくとも正教会はあり得ませんわね。王家と正教会は互いに嫌い合っていると伺いますけれど、それでも唇と歯の関係。どちらかが亡びてしまえば、お互い困ってしまいますわ」

「そうね。確かに正教会はあり得ないわ。正教会主催の行事でお母さまが暗殺されたら非難の矛先を躱すことは不可能だもの。一番可能性が高いのは、隣国マチュアの独立派かしら。属国となっている国には、いずれも独立を画策する者たちがいるようだけれど、とりわけマチュアの独立派の動きは目立っているし……」

マチュアという国名は、何度か耳にしたことがある。

確か帝国の流れを汲む国で、シャーリーにちょっかいを出したあのチョビひげ——ヒューレック家の嫡男ジョッタが、その独立派に資金を流していたのだと後から聞かされた。

「あくまで噂なのですけれど、なんでも独立派の頭目は、正統なる皇帝を僭称《せんしょう》しているのだとか」

「正統？　血をひいているってことか？　帝国が滅んだのは二百八十年前だろ？　何代を経たかわからないが、そこまでいけば正統性の担保などできやしないだろうに……」

俺が呆れるような顔をすると、アマンダが肩を竦める。

「これは笑いどころですけれど……何代どころか、その頭目は帝国最後の皇帝本人を自称しておるそうですのよ。不老不死の力を得たのだとか……本当にばかばかしい」

（不老不死……理論上は不可能ではないが、まさか……な）

思わず真顔になる俺に、アマンダはせせら笑うようにこう言った。

「まあ、人心を集めようと思えば一番単純で確実かもしれませんね。本人かどうかなんて、証明のしようもありませんもの。名乗ったもの勝ちということですわ」

そうなんだろうけれど、皇帝本人だと名乗っているというその一点に、俺は何とも言えない不快感を覚えていた。泥濘《ぬかるみ》に足を突っ込んだような、そんな感覚だ。

（今晩にでもその最後の皇帝ってのを調べてみるか……俺の例もあるし、史書の記述があてになるかどうかはわからないが）

俺がそんなことを考えていると、アーヴィンがアマンダの手をとって、熱っぽく握りしめる。

「アマンダ。知らせてくれてありがとう。今からお母さまに警告だけでもしておくわ。そんな連中に、あのお母さまをどうこうできるとは思わないけれど……」

そして、アーヴィンは振り返りもせずに、通路のほうへと駆け出していった。

第三章　ブチギレ姫の暴虐

《二回戦！　第一試合を開始いたします！》
アナウンスに呼応するように、歓声が闘技場全体に木霊した。
男たちの野太い声はうねるように。女たちの甲高い声は跳ねるように。
観客の声は一つの音の塊となって、闘技場全体を大きく揺らす。

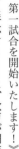

女王陛下のほうを盗み見ると、興奮に満ちた眼下の光景とは裏腹に、その眉間に憂いを宿らせて、考え込むような素振りを見せている。

「陛下、心配はご無用でございます。私とタマラが命に代えてもお守りいたしますので」

「ありがとうシャーリー。でも、心配しているわけではなくってよ」

つい今しがた、アーヴィン姫殿下からもたらされた、女王陛下暗殺の可能性。

姫殿下には申しわけないのだが、情報の解像度が低すぎ、敵が何者であるのか、どんな手段を用いるのか、あまりにも漠然としていて、新たに対策の取りようもない。

ゆえに、一度は女王陛下にこの場から退避することをお勧めしたのだが、それは陛下ご自身が却下なされた。

王家の誇りにかけて、それは許されない。反乱分子に一歩でも譲ることがあれば、勢いづかせてしまうことになりかねないのだと。

私は、女王陛下を挟んで向こう側のタマラと、あらためて目を見合わせる。

彼女は、私よりも精霊反応の探知能力に秀でている。何か不審な精霊の動きがあれば、彼女がいち早く動いてくれるはずだ。

同時に彼女は、女王陛下にとって保険の一つでもあるのだが。

《それでは選手入場！　一回戦でとてつもない攻撃力を見せつけたアカデミー代表！　炎属性！　アーヴィン姫殿下とオズ・スピナーくんです！》

アナウンスが姫殿下と私の愛する旦那さまの名を謳い上げ、私は舞台のほうへと目を向ける。

舞台へと歩み出る凛々しい旦那さまの後ろ姿をじっと見つめながら、私は平静を取り繕いつつも、胸の内ではキャーキャーと歓声を上げていた。


「オズ、私が殺《や》るから、手を出しちゃダメよ」

「いや、それはいいんだけど……流石に一国のお姫さまが、『殺《や》る』は外聞悪すぎないか？」

そんな軽口を叩きながら、俺とアーヴィンは闘技舞台の上へと歩み出た。

耳が痛いほどの大歓声。一回戦の時よりも、観客の盛り上がりが著しい。

インターバル中に聞こえてきた観客の話を総合すると、昨年はこの時点でアカデミー側の四連敗。二回戦には神官学校側のチームしか残っておらず、実に盛り上がりに欠けるものだったらしい。

それがどうだ、今年はアカデミー二チーム、神官学校二チームが残ってのガチンコ勝負。

しかも、その中には王族たるアーヴィン姫殿下が含まれている。

その状況が、盛り上がりに一層の拍車をかけているようだった。

《対するは神官学校代表！　水属性！　シスターフェイ、シスターファラン！》

アナウンスと同時に、向かいの入場口からゆっくりと歩み出てくる双子のシスター。

色素の薄い肩までの銀髪に小柄で未成熟な体躯。子供としか思えない童顔には、まるで小馬鹿にするかのように薄笑いを浮かべている。

それにしても、この双子のシスターには、髪の分け目以外に個体を認識する術《すべ》が見当たらない。

親御さんは区別がつくのだろうか？　などと余計な心配をしてしまう今日この頃の俺である。

(それにしても、歳いくつぐらいなんだろ……？)

見た目だけでいえば十歳以下。しかし、言動や実力を考えれば、今の俺やアーヴィンより年上ということもあり得る。

(まあ、正直そのほうが助かる。これだけ未成熟なボディなら、あの透け透け僧衣でも流石にやましいことなんて何も思わな……っ!?　なにぃぃ！)

甘かった。転生後のこの身体は、あまりにも性的な能力が高すぎたのである。

いろんな意味でヤングメン。

透け透け僧衣の布地の下、ふくらみかけというべきなだらかな丘の上に、ピンクのぽっちりが見えた瞬間、身体が俺を裏切ったのだ。

「ねぇ、オズ。なんでそんな前傾姿勢なの？」

思わず前屈みになった俺を目にして、アーヴィンが不思議そうに首を傾げる。

「気合だよ！　気合っ！　気合はいってんの！」

「え……あ、そうなんだ？」

彼女が、男の前屈みの意味がわからない程度には、箱入り娘で正直助かった。

だが、シスターたちはそうではない。前傾姿勢の俺に、蔑むような目を向けてくる。

「うっわ……最低、ケダモノじゃん」

「きもっ……死ねよ、ロリコン」

どうやら、自分たちがロリだという自覚はあるらしい。

「ち、ちがっ……」

俺が慌てて言い返そうとするのを遮るように、双子の片割れがアーヴィンへと嘲笑するような言葉を投げかけた。

「姫さまァ、逃げたほうが良かったんじゃないの？　王族だからって手加減なんてしてあげないよ？　明日から串刺し姫とか呼ばれることになるのはかわいそーだしさ」

アーヴィンの性格なら挑発に乗って、食ってかかりかねないと思ったのだが、意外にも彼女は落ち着いている。余裕の笑みさえ浮かべていた。

「どちらかというと、子供相手に手加減しなかった大人げない姫さまって言われそうね。おこちゃまは、家に帰ってママのおっぱいでも吸ってなさいな。お尻ペンペンじゃ済まさないわよ？」

途端にビキッ！　と、決して人体から出てはいけないような音が響いて、シスター二人のこめかみに血管が浮かび上がる。

ザザたちとのやり取りを見ていても明らかだったが、やはり子供扱いは、この二人にとっての逆鱗《げきりん》だったようだ。

シスターの片方がいやらしく頬を歪めながら、中指を立てる。

「はい、死んだ。死んだよ、このビッチ。姫さまだろうが関係ねーな。でっかいチ○ポじゃないとスカスカんなるぐらい、特大の氷柱《つらら》突っ込んでマ○コ、ガバガバにしてやんよ」

すると、もう片方が、ニヤニヤといやらしく口元を歪めながら俺のほうを指さした。

「姉さん、そっちのオスのチ○ポ氷漬けにして、チ○ポ氷柱《つらら》の公開まな板ショーでとどめ刺してやろうよ」

頼むから、俺を巻き込むのはやめてほしい。

だが、氷漬けにされるのがよっぽどイヤだったのか、俺のきかん棒がひゅんと唐突に大人しくなったのは正直助かった。

「コイツのなら、いくらでも氷漬けにしていいけど」

「アーヴィンさんや……気軽に人を犠牲にするのはやめてくれませんか？」

そんな緊張感のないやり取りをしている内に、大司教の固有魔法『時の楔《クロッカウエッジ》』が発動して、青白い光が闘技舞台を包み込んだ。

途端に、俺たちとシスターとの間に皮膚がひりつくような殺気が溢れ出す。

互いを見据えながら、身構える両チーム。

《それでは試合開始です！》

アナウンスの最後の吐息が消えるより早く、舞台上の四人がそれぞれに動きだした。

一回戦の試合を見て、お互いに手の内の一部は把握している。

どちらも破壊力の高い、遠距離攻撃手段を有しているのだ。だとすれば、極めて優れた戦略家でもない限り、考えることは大体同じ。

先手必勝である。

アーヴィンが、ブーツの底から炎を噴き出して宙へと舞い上がり、宙空から火球で狙い打てば、双子の妹のほうが、迫りくる火球を水流で包み込んでそれを鎮火する。

同時に、双子の姉のほうが放った氷柱《アイシクル》が、舞い上がるアーヴィンを追って地面から突き出すと、間髪入れずに、俺が最大火力でそれを蒸発させた。

開始数秒の攻防。いきなりの激しい応酬に観客席がどよめき、一部からは拍手が沸き上がる。

空中に留まったままのアーヴィンは、シスター二人を不遜に見下ろして、勢いよく手を振り上げた。

「これでも撃ち落とせるかしら！　『火雨《ファイアレイン》』！」

途端に、無数のさくらんぼ大の火球が彼女の周囲に出現する。そして、それが一気に双子のシスターへと降り注いだ。

「はっ！　バーカ！　そんなものが効くと思ってんの！」

言葉の終わりを待たずに、双子のシスターの掌から濁流のように水が溢れ出す。そして、彼女たちは、自らの身体をその水の塊で包み込んだ。これには俺も驚かされた。とんでもない水量だ。ザザたちが敗れたのは、決してまぐれではなかったらしい。

二人の上へと振り落ちた火球は水の膜に阻まれて、じゅっ！　という生々しい音と白い湯気を残して、次から次へと消滅する。

アーヴィンの火球は一つとして届かず、シスターはどちらも無傷。立ち昇る白い湯気の向こう側で、双子の片割れが犬歯を剥き出しにして嘲り笑った。

「あははっ！　バーカ！　バーカッ！　炎属性が水属性に勝てるわけないってーの！　こうやって水で身を包めば、アンタたちの攻撃なんて、何一つ効かないんだからさぁ！」

「姉さん、私もう飽きちゃった。こんな雑魚、とっととぶっ殺しちゃおうよ」

哄笑する姉に、妹が面倒臭げにそう告げる。

こんな態度を取られたら、少し前までのアーヴィンであればあっさり挑発に乗って、見境なく火球を乱射していたことだろう。

だが、今の彼女には、それを聞き流せるだけの余裕があった。もはや、この程度のことを挑発と受け取ることはない。言うなればそう、負け犬の遠吠えだ。

アーヴィンは双子をじっと見据えて大きく息を吸い込み、再び手を振り上げた。

「あはは！　バカの一つ覚えってやつ？　ウケる。何回やったって結果は同じだってば！　悪あがきはみっともないってーの！」

シスターの姉のほうが呆れたとでも言わんばかりの素振りを見せる。

だが、アーヴィンは、そんな彼女たちを冷めた目で見据えて、静かに言葉を紡いだ。

「ザザとクロエとは、何度も模擬戦をしたわ。水属性対炎属性。当然、こんな感じの膠着状況になったことだってある」

「はっ！　それがどうしたってーの！　火力であの子たちを押し切ったって？　無駄無駄ァ、そもそも私たちとアイツらじゃ、格が違いすぎるんだってーの！」

「火力で押し切った？　ご冗談。力押しなんて下品な戦い方はしないわ。アナタたちと一緒にしないでほしいものね」

言い終わるより前に、アーヴィンの周囲に無数の火球が姿を現す。

シスターの妹のほうが鼻で笑った。きっと彼女の目には、先程全く効果のなかったただの火球と同じ物に見えているのだろう。いや、彼女だけではない。この闘技場の観客で、いったい何人がその違いに気づいているのだろうか？

「オズ！」

「わかってる！」

俺は自分の身を守るべく、眼前に固形化させた炎で壁を形作った。

固形の炎という謎物質の出現に、観客がざわめいたその瞬間、アーヴィンが一気に腕を振り下ろす。

「喰らいなさい！　『溶岩雨《マグマレイン》』！」

刹那、宙空に留まっていた火球が、炎天下の飴玉のようにドロリと溶けて滴り落ちた。

それは、液状化した炎。

自分たちに迫る危機に気付きもせずに、双子のシスターは余裕の笑みを浮かべていた。

彼女たちを包む水の膜を突き破って、液状化した炎が入り込んでくるまでは。

「なっ!?」

驚愕に、その童顔を歪めた時にはもう遅い。

質量を宿した熱の塊が、水の中へと沈み込む。

溶岩は超々高熱を保ったまま水の膜の内側へと沈み込んで、周囲の水を瞬時に気化させ、一気に膨張させはじめた。

コンマ一秒の静寂。そして次の瞬間――耳を劈《つんざ》くような轟音《ごうおん》が響き渡る。

それは、急激な気化による水蒸気爆発。

轟音は地軸を揺らし、衝撃が物理的な力を得て四散した。弾け飛ぶ水、濛々と立ち昇る白い湯気。観客席からは無数の悲鳴が響き渡る。

闘技舞台上に逃げ場などありはしなかった。俺も固形化した炎の壁で身を守ってはいたものの、それすらひび割れ、崩れ落ちるほどの威力である。

そして崩れ落ちた炎の壁、その隙間から垣間見えたシスターの片割れには、もはや上半身は存在しなかった。

腰から下だけが大量の血を噴き零《こぼ》しながら、ストップモーションのようにゆっくりと、膝から崩れ落ちていく。

(仕留めたか。もう一人は……？)

濛々と立ち込める白い湯気の向こうに目を凝らせば、石畳の床に転がっているもう一人の姿が見えた。

当たり処が良かったのか、上手く逃れたのかはわからないが、衣服もほとんど吹き飛んでほぼ全裸。彼女は傷だらけでボロボロになってはいるものの、必死に身を起こそうとしていた。

(マジか……あれ喰らって生き残るとか……しぶといなんてもんじゃないぞ)

敵とはいえ、素直に賞賛に値する。

「はぁ、はぁ、はぁ……な、なに、なにが……起こったのよ!」

シスターは、乱れた呼吸のままに顔を上げる。焼けこげ、縮れた髪に残った分け目の痕跡から推測するに、恐らく姉のほう。

アーヴィンは、そんな彼女の前に舞い降りると、無言のままに拳を握りしめた。

「くっ、くそっ……」

悔しげに頬を歪めるシスター。アーヴィンはそんな彼女を見下ろすと、怒りをその眼に宿して声を震わせる。

「仇を取るって約束したの。逃がさないから、絶対」

握り拳を炎が包み込み、それを目にしたシスターは、目を見開いて必死に喚き散らした。

「わ、わかった！　わかったからっ！　私の負け！　わ、私たちの負けよ！」

床を蹴って後退るシスター。だが、アーヴィンは首を傾げてこう言い放つ。

「あーあー……爆発のせいで耳をやられたみたい。困ったわ、何も聞こえない」

「ちょ!?　ちょっと！」

愕然と目を見開くシスターに、アーヴィンは問答無用とばかりに拳を振り下ろした。

「これは、仲間を傷つけられて嫌な思いをした私の分！」

「ひゅげっ！」

首がもげるんじゃないかと思うような、腰の入った重い一撃。

だが、それでは終わらない。

アーヴィンは彼女の髪を乱暴に掴むと、さらに二発の拳を叩き込んだ。

「これは私に下品な言葉を吐いた分！」

「ふごっ!?」

「これは、私を見下した分の報いよ！」

「うげぇっ……」

白目を剝いて、小刻みに身を震わせるシスター。

そんな彼女を無造作に投げ捨てると、アーヴィンは俺のほうへと振り返る。

そして、すっきりしたとでも言いたげな微笑みを浮かべた。

「あの子たちの仇はとったわ」

――全部自分の分だったじゃん!?

俺は、（マジかコイツ……）とドン引きしながらも、どうにかその言葉を呑み込んだ。

第四章　カタストロフィ・コロシアム

《勝者！　アカデミー選抜！》

アナウンスが勝敗を告げて、眼下の観客席に歓声が溢れだした。

『時の楔《クロックカウエッジ》』が解除されたばかりの舞台上には、観客席に向かって手を振る姫殿下と、どこか居心地悪そうに頬を掻く旦那さまの姿。

一方、恐ろしい程に悲惨な敗れ方をした双子のシスターは、茫然自失といった様子で膝をついたままだ。

「勝ったのは良いのですけれど……ワタクシの娘はあんなに野蛮だったかしら」

女王陛下のその問いかけに、流石に「はい」と答えるわけにはいかない。

「え……あ、まあ……勝負事でございますから……」

実際、これまでのアーヴィン姫殿下は負けん気が強くて、女王陛下譲りの苛烈な人柄ではあったが、それを野蛮というのはちょっと違う。

問題は、拳に炎を宿らせる精霊魔法に惚れこんだ旦那さまが、私に「姫殿下に拳闘術を指導してほしい」と言い出したことだ。

もちろん、私に否はない。旦那さまが望むのであれば、妻として全力を尽くすのみである。

私も拳闘術は専門ではないが、嗜《たしな》む程度には身につけている。

それを短期集中特訓方式《ブートキャンプ》でお教えした結果、姫殿下は腰の入った打撃という、形として残る野蛮さを身につけられたのだ。

(実際、姫殿下の格闘センスは有望でしたし……もちろん現段階では、私に一撃を入れることもできませんが、このまま修練を続ければ、かなりのものになるとは思いますね……)

一国の姫の特技が右ストレートなのはどうかとは思うが、身を守る術は多いに越したことはない。

「おめでとうございます、陛下！　ともかく、これで姫殿下とオズマさまは決勝進出でございますね！」

タマラが嬉しそうにそう口にすると、女王陛下もニコリと微笑む。

「ええ、あの子は属性のことでずっと悩んでいましたからね……女王としてではなく、一人の母親として、とてもよろこばしいことです」

(姫殿下をそこまで導いたのも……やはり旦那さまだ)

特別観覧席に暖かな空気が漂い、私は誇らしい気持ちで舞台上の旦那さまへと視線を戻した。

だが、その瞬間――。

「なっ⁉」

「何事ですっ！」

視界が大きく縦にブレる。

突然、突き上げるような激しい振動が、私たちに襲いかかってきたのである。

「きゃぁああああああああっ！」

唐突に大地が震えて、観客席から一斉に悲鳴じみた声が溢れ出した。

怒号、絶叫、泣き叫ぶ声。それらが反響し、一塊《ひとかたまり》の轟音となって闘技場を満たしていく。

「な、なに!?」

「なんだ!?」

アーヴィンと俺が慌てて背後を振り向けば、女王陛下の特別観覧席を含む一帯、その辺りの観客席が、ミミズがのたうつかのように大きく波打っていた。

「きゃぁあああああっ！」

「なっ、うぁあああああっ！」

生命を得たかのように激しく拍動する石造りの観客席。

その上段から、雪崩のように人が転がり落ちていく。折り重なる悲鳴。人が人を巻き込んで、そこに崩れた外壁が礫《つぶて》となって降り注いだ。

アリーナからは絡まりあった人間が地面に叩きつけられる鈍い音が響き、その度に石畳の地面に赤い水玉模様が描き出されていく。アリーナに放り出された者たちの中で、どれぐらいの者が死に、どれぐらいの者が生き残っているのかは想像もつかなかった。

（なんだ……これ？）

あまりにも唐突な出来事に、俺は思考を追いつかせることができずにいた。

そうこうする間にも、女王陛下の特別観覧席を含むその一面が大きく盛り上がって崩れ、ひび割れ、形を変えていく。未だ崩れ出していない座席の者たちも怯え慄《おのの》き、悲鳴を上げながら、我先にと出口へと殺到していた。

まさに地獄絵図。

恐慌状態の人の波、怒号と悲鳴、罵る声と泣き叫ぶ声がぐちゃぐちゃに混じり合って、ほんのわずかな時間で闘技場の内側を満たしていく。

「オ、オズ、何これ!?　いったい何が起こってるの！」

不安げに身を寄せてくるアーヴィン。袖口を摑んでくる彼女の肩を抱き寄せて、俺は周囲に注意深く視線を走らせる。

天変地異とは考えにくい。だとすれば答えは一つ。

アマンダが言っていた、女王陛下を狙っての攻撃にほかならない。

慌てて目を向けると、特別観覧席のある闘技場の最頂部は、その直下の石畳が盛り上がり、不自然にも次から次へと崩れた石が寄り集まり始めている。

やがて、特別観覧席のある箱状の一角丸ごとが、まるで亀が首を伸ばすかのように、寄り集まる石礫を土台にして高みへと押し上げられていくのが見えた。

「どういうことなの!?　こんな無茶苦茶なこと！　魔法じゃなきゃできるはずないのに！　せ、

精霊に何の動きもないなんて！」

冷静さを失ったアーヴィンが、感情的に声を上擦らせる。

確かに、これだけの規模の異常が起こっているのに、感じるのは風属性の魔法で跳んで逃げようとする者たちが発するわずかな精霊力ぐらいのもの。

だが、アーヴィンの驚愕などお構いなく、闘技場の一角は時を追うごとにどんどんその形を変えていく。

観客席の一面が次第に人の形を浮き彫りにし、やがてそれは、石礫を撒き散らしながら身を起こし始めた。

「な、な、なんなのよ、これっ！」

アーヴィンの金切り声が耳元でうるさい。

俺は眉を顰めながら、立ち上がりつつあるその石の巨人を見上げた。

特別観覧席を頭部として形作られる巨大な人型。上半身ばかりが大きく脚の短い不格好な石の巨人。そいつは観客席の傾斜に寝そべるような体勢から、ゆっくりと身を起こしていく。

(ゴーレム……いや、これは……)

実に残念なことに、俺にはこの化け物に心当たりがあった。

それは三百年前、対帝国用に俺が用意した決戦兵器。最前線であるモロワ城砦に出兵する友人に持たせた魔道具だ。

元々は面白半分に創ったものではあったのだが、状況的に有効活用できそうだったので、切り札として持たせたのだ。

端的にいえば、城砦そのものを巨大ゴーレムに変容する装置である。

消費する魔法素子は膨大。起動してから活動開始まで数時間を要するという不良品ではあるが、起動そのものはさほど難しくはない。

魔法の素養がない者でも、キーワードさえわかっていれば簡単に起動できるのだ。

結局、魔法素子の突然の消失によって、その装置は起動されることなく、モロワ城砦は一夜にして陥落。俺は王都にて、友人の死を知らされることとなったのである。

そして今、三百年の時を経て、誰かがそれを利用しようとしているのだ。

（なんてこった……マズいぞ、これは……）

思い起こせば、悪ノリで造ったがゆえに停止方法は難易度最高。

絶対魔法防御、超絶再生による物理無効、石礫射出《ストーンブラスト》による全方位攻撃機能付きという、存在自体が冗談みたいな代物である。

（なんてもの放置してんだよ！　伝説じゃないほうの俺ェェエエエ！）

じゃないほう――要は、普通に俺である。

流石に、これは責任がないとは言えない。

（と、とにかく……どうにかしないと……）

ダメージを与えることはできなくとも、第七階梯以上の魔法なら足止めぐらいはできる。

問題は頭部にあたる特別観覧席に、女王陛下やシャーリーたちが取り残されているということ。

言うなれば人質だ。彼女たちがあそこに閉じ込められていては、手も足も出しようがない。

地軸を揺らし、轟音とともに身を起こす巨大ゴーレム。

撒き散らされる石礫から逃げ惑う人々の悲鳴と怒号が響き渡っている。

見ている限り、観客の避難状況は芳しくなかった。

観客席から外周回廊への出口は、殺到した人々で押し合い圧《へ》し合い。その光景は藻で詰まった排水溝を思い起こさせる。

そんなことを考えている内に、巨大ゴーレムは膝をついた状態で身を起こすと、まるで絶望に打ちひしがれる人間のように、両手で自身の頭を挟み込んだ。

(なんだ……？)

途端に、メリメリと音を立てて、岩が軋む音が響き始める。

その行動の意図に気づいた俺は、思わず声を上げた。

「マズい！　あいつ！　自分の頭を潰そうとしてやがる！」

ゴーレム自身は、頭を潰そうがすぐに再生する。

だが、そこにいる女王陛下やシャーリーたちは、決して無事では済まない。

「くっ……間に合えっ！」

「な、なに？　どうしたの、オズっ！」

戸惑うアーヴィン。だが、構っている余裕はない。

俺は振り返りもせずに駆け出した。

焦燥に身を焦がしながら、巨大ゴーレムへと駆け寄ろうとする俺。だが、ブーツの裏から炎を噴き出して飛んできたアーヴィンが先回りし、両手を広げて俺の行く手を阻む。

「オズ！　なにやってんのよ！　死ぬ気なの！」

「邪魔すんな！　このままじゃシャーリーや女王陛下が！」

「あなたが行ってどうなるのよ！　それともアレが何か心当たりでもあんの？」

「え？　あ、いや全然……」

まさか、俺が造ったものです。などと白状するわけにも行かず、俺はついつい視線を泳がせる。

「心配しなくても、お母さまたちは大丈夫。こんな時のためにタマラを連れてきてるんだから」

「タマラ？　なにか、この状況を打破できる固有魔法を持ってるってことか！」

「違うわよ。固有魔法を持ってるのはお母さま！　タマラはただ……」

「ただ？」

「どうしようもなくつまらないだけよ！」

さっぱり意味がわからなかった。

「ひゃひゃっ！　始まりましたねぇ。さてと、我々も始めるとしましょうか！」

派手な土煙を上げて身を起こす巨大ゴーレムを遠目に眺めながら、うらなり瓢箪みたいな男が、いかにも楽しげな笑い声を上げた。

場所は闘技場南西の森の中。そこに今、百数十人の武装した兵士が身を隠している。

俺を含め、大半はマチュア出身の傭兵だが、その雇い主は、このマレクとかいう名のひょろひょろ野郎だ。

詳しいことは知らないが、コイツはマチュア独立派の幹部らしい。

まあ、客の素性なんざどうでもいい。俺たち傭兵は金さえもらえれば、何の文句もありはしない。金貨、銀貨で命を切り売りするクソどもの集まりだ。

混乱に乗じて、将来有望な神官学校とアカデミーの生徒の虐殺ってのは流石に寝覚めが悪いが、その寝覚めの悪さに見合うだけの報酬額を提示されている。

マレクは、浮かれ切った様子で俺の胸元へと指を突きつけてきた。

「あなたには、期待してるんですよぉ、邪剣使いのゲッツェの名は、伊達《だて》じゃないってところを見せてくださいよぉ」

「フン……とりあえず俺は、そのシスターアンジェってのを殺りゃあいいんだろ？」

「ええ、ええ、左様で。アナタほどの男なら余裕でしょう。もはや女王の暗殺は成ったも同然。あとは未来の脅威となり得る若者たちを殺しておけば、我らの悲願達成はより確実なものになりますからねぇ」

俺はマレクのことを無視して背後を振り返り、配下のクソ野郎どもへと声をかける。

「いくぞ、野郎ども。油断すんじゃねぇぞ！」


「女王陛下の救出は……」

「はっ……必要なかろう。あの程度でくたばるタマでもあるまいて、あのメギツネは」

ケデル司教に向かって肩を竦めると、大司教さまは向こう正面で立ち上がる巨大ゴーレムから、ボクのほうへと視線を移した。

「クレア！　状況の把握を急ぐのじゃ！」

「かしこまりました！」

ボクは慌ただしく、固有魔法『鷹の目《ホークアイ》』を発動させる。

途端に、ボクの視界は直上数百メートル、空中から地上を俯瞰《ふかん》する位置へと切り替わった。

視界の中では、円形の闘技場の一角が崩れ落ち、すりばち状の観客席に濛々と立ち込める土煙の中から、巨人が身を起こそうとしている。

これはボクらのいる正教会側の特別観覧席から見れば、今現在、真正面で起こっている事象。

闘技場からは、篩《ふるい》から粉が零れ出るかのように無数の人が溢れ出し、そんな逃げ惑う人々の先頭は闘技場前の広場や、その向こう側の街道に到達しようとしている。

視点を少し下降させると、場外の警護に当たっていた神官たちが、観客たちをてきぱきと避難誘導しているのが見てとれた。

巨大ゴーレムの出現こそ予想外ではあったが、女王陛下をお招きする以上、襲撃された際の行動に関しては事前に徹底されている。

「しかし……無茶苦茶でございますね。あの巨人は何なのでしょうか？」

「恐らくじゃが、オズマさまの残された聖遺物を悪用しておるのじゃろ。罰当たりめが……」

ケデル司教の問いかけに、大司教さまが苦々しげに吐き捨てた。

聖遺物という表現はともかく、恐らく大司教さまの仰るとおり、アレは師匠が開発した魔道具の未使用在庫といったところだろう。

流石に、ここまで大規模なものは、ボクも見たことはなかったけれど。

「それで、どうじゃクレア。見つかったか？」

「はい、恐らくコレかと……数は百数十といったところ。闘技場南西の森の中に潜んでいる者たちがおります」

ゴーレムに暴れさせて終わりというのは、流石に考え難い。言うなればアレは鏑矢《かぶらや》。後詰めとして、追加の戦力投入があるはずだ。

「百数十程度とは、随分舐められたものですね」

ケデル司教が鼻で嘲笑うような素振りをみせると、大司教さまがそれを窘《たしな》める。

「目的を達するのに、数を必要としておらんということじゃろ」

そして、ケデル司教に固有魔法の発動を命じた。

司教の麾下《きか》にある神官戦士やシスターたちの意識に直接、命令を下す固有魔法『神勅《コマンド》』である。

「敵の本隊は闘技場南西部の森にあり。暫定全権にパウリ司教、シスターアンジェを戦闘隊長に任命。観客誘導の任に就いている者を除き、速やかに現地に向かえ！　悪しき者どもを打ち払い、オズマさまに栄光を捧げよ！」

ボクの意識の中にもケデル司教のそんな言葉が響き渡って、闘技場のそこかしこから、神官たちの「オズマさまに栄光を！」という怒号めいた声が響き渡った。

いったいどんな状況なのか判然としないが、我々のいる特別観覧席は地上より高く持ち上がり、激しい振動に晒されていた。

私は、必死に女王陛下のお身体を支えながら、轟音に負けじと声を張り上げる。

「陛下！　お怪我はございませんか！」

「ええ、大丈夫。それにしても、まさかこんな手を使ってくるなんて……」

会話を遮るかのように、周囲の壁面がギシギシと軋んで、天井からは粉末状になった砂礫がパラパラと振り落ちてくる。どう考えても、ここは長くもちそうにない。

「陛下、脱出のご準備を」

凄まじい振動に晒《さら》されているにも係《かか》わらず、なぜか一人だけ平然と立っているジゼルがそう促すと、女王陛下は「そうね」と頷かれた。

「タマラ、頭頂部に『鉄化《アイアナイズ》』を。シャーリーはタマラに摑まって、脚よ！　脚に摑まりなさい。ジゼル、アナタも早く……」

「陛下、ワタクシのことはお構いなく、何一つ問題ございませんので」

同じく女王陛下に仕える身ではあるが、やはりこのメイドはどこか得体が知れない。

「そう……では、後で合流いたしましょう」

「かしこまりました」

そして、女王陛下はご自身もタマラの脚にしがみつくと、彼女に向かって頷かれた。

「いいわよ、タマラ！」

ところが、タマラは困ったような顔をする。

「ですが、陛下、今日は私、朝から冴えに冴えておりまして……もし大ウケしてしまったら」

この状況で、そんな妄言を聞いていられる余裕はない。

私は、思わずタマラを怒鳴りつけた。

「そんなことあり得ないから、早くしろっ！」

「失敬な！　あとで文句を言うんじゃないぞ、スピナー卿！　それでは、女王陛下……」

「ええ」

タマラはコホンと一つ咳払いをすると、片手を高く掲げて声を張りあげる。

「ワタクシ、近衛騎士タマラが女王陛下に捧げる、極上ロイヤルジョーク！」

そして、彼女はもったいぶった様子で口を開いた。

「じょ、女王陛下が、お、お漏らしされました……」

この時点で半笑い。タマラはこみ上げてくる笑いを堪えるような顔をしながら、トドメのワンフレーズを口にした。

「じょおぉぉぉ……」

「「…………」」

この凄まじい空気を想像できるだろうか。

飛ぶ鳥さえ、空から滑り落ちていきそうな寒々しさ。

つまらないとか、そんなレベルの話ではない。

その瞬間、世界が動きを停止したような気さえした。

あまりの酷さに、私が「金返せ！」と口を開きかけたのとほぼ同時に『ビキッ！』と、決して人体からしてはいけないような音を響かせて、女王陛下のこめかみに青筋が浮かび上がる。

続いて、女王陛下の固有魔法が発動した。

「どうしようもなくつまらないって……どういう……？」

アーヴィンの言わんとしていることがさっぱりわからなくて、俺が思わず首を傾げたその瞬間——凄まじい衝突音とともに、巨大ゴーレムの頭頂部が弾け飛んだ。

「な⁉　なんだァ⁉」

慌てて目を向けると、弾け飛んだ石礫の降り落ちる中、ゴーレムの頭部から射出された何かが、凄まじい勢いで遥か上空へと打ち上げられていく。

目を凝らして眺めていると、やがてそれは弧を描いて落下し始めた。

「なんだ……あれ？」

「あれは、お母さまたちよ」

「は？」

「お母さまの固有魔法は『射出《ローンチ》』。お母さまはイラッとすると、そのイラッとさせた人間を問答無用で射出するの」

「しゃ、射出⁉」

「そう射出。ばーんって……」

「迷惑⁉　なんて迷惑な魔法！」

これには、俺も思わず頬が引き攣る。

だが、アーヴィンはもう慣れてしまっているのか、溜め息交じりに肩を竦めた。

「そうね。すっごく迷惑だと思うわ。おかげで重臣たちの会議は、いつも緊張感に溢れているもの」

「そりゃそうだろうねっ！」

「会議室に天井はつけられないし、落下予想地点には風属性の兵士を配置して待ち構えなきゃいけないし……まあ、それでも最近はみんな慣れてきて、一回の会議で射出されるのは一人か二人ぐらいだけど」

「一人か二人は射出されんのかよ……」

「さっきのはたぶん、射出されたタマラにしがみついて脱出したんだと思うわ。タマラのつまらなさは才能と言ってもいいぐらい。彼女のジョークは、百発百中でお母さまをイラッとさせるんですもの」

どうやらタマラの存在価値は脱出装置として……ということらしい。

「と、とりあえず……これであの巨人に遠慮なく攻撃できるようになったってことだな」

「ええ、そうね」

俺は今後の女王陛下への接し方を考えながら、あらためて巨大ゴーレムを見上げる。

下半身よりも上半身が大きいバランスの悪い巨体を震わせながら、雄叫びを上げるかのごとくに身を反らす巨大ゴーレム。

身動きする度に砕け散った石礫が、驟雨《しゅうう》のごとくに観客席へと降り注ぎ、未だに避難しきれていない観客たちは、悲鳴を上げて逃げ惑っている。

だが、出口付近は人で溢れ、進むことも覚束なければ、戻ることすらできはしなかった。

混乱の極みの中で、ある者は石に押し潰され、ある者は人に押し潰され、死に方の如何《いかん》を問わずに死傷者の数だけが物凄い勢いで積み上がっていく。

（攻撃できるっていっても、さて、どうしたもんかな……）

俺とアーヴィンだけなら逃げ出すぐらいわけもない。だが、実に不本意な使われ方をしているとしても、この巨大ゴーレムは、前世の俺が造った物だ。責任を感じずにはいられなかった。

もちろん、こんな危ない代物に緊急停止する方法を用意していないわけがない。

俺は、ちらりとアーヴィンのほうを盗み見る。

（事情を話して手伝ってもらうか？　いや……でも、話しちまったら条件を満たせないし……）

立ち昇る土煙の向こうで、さっき弾け飛んだばかりの巨大ゴーレムの頭が、既に再生を終えようとしていた。

再生があまりにも早すぎる。この時代の魔法素子が濃すぎるせいで、あらゆる性能が俺が開発した時点のカタログスペックを大きく上回っていた。

（カタログスペックっていえば……あ、ヤベェ！）

俺が非常にマズい事実に思い当たるのとほぼ同時に、巨大ゴーレムが脚を上げて移動を開始した。それも人々が殺到する観客席の出口のほうへだ。

実はこのゴーレム、対帝国用の決戦兵器として設計するにあたって、俺は行動パターンを生物の密集地域へと移動するように設定していたのだ。敵軍の中心に突っ込んでいくようにと。

　このゴーレムが出口に殺到する人々のほうへ移動しようとしているのは、まさに設定通りなのだ。

「ちっ！　本当に何してくれてんだ！　伝説じゃないほうの俺！」

　繰り返すようだが、普通に俺である。

　外周通路に繋がる出口のほうへ目を向けると、完全に恐慌状態に陥った人々が殺到していた。避難誘導しようと必死に声を張り上げる神官たち。だが、そんな彼らも人のうねりの中に埋没していく。その光景は、牧羊犬に小屋へと追い込まれる羊の群れの光景に酷似していた。

　巨大ゴーレムの動きは緩慢で、それこそ摑まり立ちを覚えたばかりの赤ん坊のよう。一歩踏み出すごとによろけ、ゴーレムが手をかけた闘技場のへりがボロボロと場外へと崩れ落ちる。

　ゴーレムが身動きする度に観客席がひび割れ、砕け散り、取り残された人々や場外で逃げ惑う人々の悲鳴や呻き声が立ち昇る土煙の奥から聞こえてきた。

（魔法を使わないわけにはいかないんだろうが……）

　第十階梯『太陽の墜落《サンダウン》』を使えば多分、完全に破壊することはできるだろう。だが、破壊力が大きすぎる。それこそ巨大ゴーレムが暴れまわる程度の被害では済まない。

　それに俺の正体がオズマであることを隠そうとするなら、いわゆる古代語魔法の使用は禁じ手と言っていい。

　そんな風に俺が逡巡している内に、アーヴィンがブーツの底から炎を噴き出しながら、巨大ゴーレム目掛けて突っ込んでいった。

「お、おいっ！　なにすんだ、このバカ！」

「うっさい！　いくじなし！　このままじゃみんな死んじゃうじゃない！」

俺に怒鳴り返すと、アーヴィンが巨大ゴーレムの顔前に浮かびながら、やけくそ気味に火球を放ち始める。

「止まれ！　止まれって言ってんのよっ！」

だが、それも表面をわずかに焦がす程度で、巨大ゴーレムは小動《こゆる》ぎ一つしなかった。

もちろん、全く効果が無いわけではない——が、質量に対して、威力が圧倒的に不足している。

次々と放たれる火球に、巨大ゴーレムは羽虫でも払うかのように腕を振り上げた。

「っ!?」

途端に、アーヴィンの顔が引き攣る。もちろん、ゴーレムには感情などない。顔面に炎をぶつけられて怒ったというわけでもない。進路に障害物があるから振り払おうとしている。ただ、それだけのことなのだ。

ブンと野太い風切り音を立てて振り下ろされる巨大な腕。

「このっ！　じゃじゃ馬っ！」

俺は駆け出しながら、魔法を発動させた。精霊魔法では威力が足りない。古代語魔法の使用を躊躇っている場合ではない。

「第四階梯！　爆裂《エクスプロージョン》！」

途端に、凄まじい爆発が巨大ゴーレムの頭部を吹き飛ばし、巨体が尻餅をつくようにメリメリと軋む音を立てながら、背後へと倒れこんでいく。

「きゃぁあああっ！」

もちろん、宙に浮かんでいたアーヴィンだってタダで済むわけがない。爆風に吹き飛ばされ、彼女は悲鳴を上げながら地面へと落下し始めた。

(間に合えぇぇえええっ！)

俺は、固形化させた炎のブロックを積み上げる端から必死に駆け上がり、落下してくるアーヴィン目掛けて勢いのままに宙を舞う。

「第三階梯『真空甲冑《エアロアーマー》』！　第二階梯『筋力強化《ストレングス》』！」

身体を空気の皮膜でガードしながら、ひと一人を受け止められるように筋力を強化。支援系の魔法は得意じゃないが、できないってわけじゃない。

必死に手を伸ばして、落ちてくるアーヴィンの身体を空中で抱きかかえると、俺は彼女の身体を必死に守りながら、ゴロゴロと地面を転がった。そして最後には、闘技舞台の壁面に背をぶつけるようにしてどうにか止まる。

「っ、痛てて……大丈夫か？」

俺が痛みに顔を歪めながら覗き込むと、ひきつけを起こした赤ん坊のような顔で硬直していたアーヴィンが、ハタと我に返って声を上げた。

「ア、ア、アンタねぇ！　し、死ぬかと思ったわよ！」

「悪い悪い、思ったより威力が強くてさ……」

本来の『爆裂《エクスプロージョン》』の倍ほども威力があったように思う。仰け反らせるぐらいのつもりで放った一撃で、まさか頭を吹っ飛ばすことになろうとは。

「で、仕留められたの？」

「いや、あれに魔法は効かない。超速再生ですぐに起き上がってくる。物理攻撃も意味ないしな」

実際、巨大ゴーレムの頭部は、ほぼ再生が完了しつつあった。

「なにそれ……無敵じゃないの」

「まあ、俺の生きてた時代の決戦兵器なわけだし……」

それでも、俺が造ったとは言わない。だって、絶対怒るし。

「なにか、手はないの？　なんとかしなさいよ、アンタ！　大英雄なんでしょ！」

「無茶言うなって！　起動は簡単なんだが、停止のほうは条件がな……」

確かに、起動方法は簡単だ。

なにせ、この魔道具を持たせた友人は脳筋バカだったので、起動のキーワードを覚えられない。だから、魔道具の表面に直書《じかが》きしておいたのだ。

いや、うん、不用意だよな。でも、それについてはちゃんと反省している。どんまい、俺。

だが、停止のほうは――

「条件？　アンタ、停止の仕方知ってるの？」

「ああ、まあ……その一応。三つの段階を踏む必要があるんだが……」

俺は、思わず遠い目をする。

あれは友人――エドヴァルド王国第一軍の主将である『赤熊』ことゴドヴィンが、モロワ城砦へ出兵する前夜のことである。

このひげ面の大男と俺は、年齢が近いこともあってか、性格は真逆なのになぜかウマがあった。

今思えば愚かとしか言いようがないが、帝国を侮りきっていた俺たちは前祝いと称して盛大に酒を酌み交わしていたのである。

夜も更け、へべれけになったゴドヴィンは真っ赤な顔でにやけながら突然、こんなことを言い出した。

「この戦いが終わったら、ワシは結婚を申し込むつもりでおるのだ……」

今思えば、この言葉は思いっきり不吉な予兆だったように思える。だが、その時の俺は、この不器用な友人の決意を、微笑ましい気持ちで眺めていた。

「結婚？　うへぇ……似合わねぇ」

「うるさいぞ」

「で、誰に申し込むんだ？」

「その……誰にも言うなよ。……チェルリだ」

チェルリというのは、ゴドヴィンの副官。

クールで毒舌、一部の兵士たちからは氷の女王と恐れられている女傑である。

「へぇ……」

俺はあえて意外そうなフリをしながら、内心腹を抱えて笑っていた。

それには、もちろん理由がある。

ゴドヴィンは知らなかったようだが、そもそも彼女は入隊以前からゴドヴィンの大ファンで、軍に志願したのも生ゴドヴィンを一目見たい。その一心からだったからだ。

そんな彼女にゴドヴィンが求婚して、断られることなど絶対にあり得ない。

「だが……断られたらと思うとな……正直戦場に出るより、そっちのほうが怖い」

そして、こんな風にでっかい図体に似合わずビクビクしている友人のために、俺はひと肌脱ぐことにしたのだ。

今思えばただの悪ノリ。酒の勢いとしか言いようがなかった。

俺は、巨大ゴーレムの停止条件にゴドヴィンから聞き出したプロポーズの言葉、相手の受諾、そして誓いのキスというスリーステップを停止条件として設定したのである。

そして、「もし断られたら誰にも止められないからな。死ぬ気で求婚しやがれ」と送り出したのだ。

(それが、まさかこんなことになるなんてなぁ……)

悪ノリのツケを自分が払うことになるのだから、因果応報とは本当によく言ったものである。

第五章　やりなおしを要求するわ！

「おうおう、派手なこったな」

立ち昇る土煙。地軸を揺らすかのような轟音。

闘技場の内側で、巨大ゴーレムが瓦礫を撒き散らしながら、緩慢な動作で身を起こそうとしていた。

それを遠目に見上げつつ、俺は兵を率いて森を出、闘技場のほうへと駆け抜ける。

ここから見えるのはゴーレムの上半身だけに過ぎないが、それでもとんでもない光景だ。

この世の終わりの一幕だと告げれば、かなりの人間が信じることだろう。

「ゲッツェの旦那！　マレクの野郎の姿が見えやせんが？」

手下の一人が周囲を見回して、そう告げる。

「ほっとけ、あんなうらなり瓢箪、いたって邪魔なだけだ」

マレクは俺たち傭兵の雇い主ではあるが、ヤツを守る手間が省けるなら、むしろいないほうがありがたい。

「いいか！　女子供でも容赦すんな！　観客だろうが邪魔なら斬っちまえ！　神官やシスター、アカデミーの制服を着てる連中は、一人も逃すんじゃねぇぞ！」

「おう！」

俺が檄を飛ばすと、手下どもは一斉に声を上げる。

俺たちに与えられた使命は、この混乱に乗じて一人でも多くの神官や学生をぶっ殺すこと。魔法を使う連中を減らすことだ。

この女王暗殺を皮切りに、マチュア独立派は各地で挙兵する手はずになっているのだと、そう聞いている。

それに先んじて、少しでも王国側の戦力を削いでおく、そういう目論見なのだそうだ。

正規の王国軍や騎士ではなく、神官や学生を叩くことの意義はよくわからないが、実際のところ目的なんてどうでもいい。金払いが良けりゃ、なんでもいいのだ。

俺を含め、ここにいる傭兵たちの大半はマチュア出身。だが、みんな母国が独立しようがしまいが、好きにすればいいと思っている。

傭兵にゃ高邁な理想なんて邪魔なだけ。俺たちはただの暴力装置でしかないのだから。

闘技場に近づくに連れて、混乱した状況が目に飛び込んできた。

建物から溢れ出た人々が、文字どおり蜘蛛の子を散らすように悲鳴を上げながら、四方八方へと逃げ惑っている。

「ははっ！　大惨事だな！　よし！　野郎ども剣を抜け！　遠慮するな、思う存分やっちまえ！　言っとくが女を攫《さら》うのは最後にしろよ！」

「おう！」

手下どもが一斉に剣を抜き払ったその瞬間、頭上からけたたましい爆発音が響き渡る。

「おっ!?　な、なんだ!?」

　思わず足を止めて見上げれば、闘技場から覗く巨大ゴーレムの上半身、その頭が弾け飛んで、黒煙を立ち昇らせながら倒れこんでいくところ。

　桁外れの巨体が闘技場の外壁を押し潰し、壁面が崩落して、場外を逃げ惑う人々の上へと降り注いだ。

　巨大な瓦礫に、まるで虫のように押し潰される人の群れ、悲鳴と絶叫、阿鼻叫喚の地獄のような風景が目の前に広がっている。

（こりゃひでぇな……下手に近寄れば、俺らもあの崩落に巻き込まれかねんが……しゃあねぇ！）

「怯むな！　いくぞ！」

　手下どもを鼓舞して再び駆け出そうとしたところで、恐慌状態の群衆を蹴散らしながら、こちらへと駆けてくる一群の姿が目に飛び込んできた。

　それは、僧衣を纏った男女の集団。

　先頭でそれを率いている一人の女だけが、やたらと露出度の高い甲冑を纏っている。

　黄土色の長い髪、顔立ちの美しさに似つかわしくない凶暴な表情を張りつけたその女が、こちらを見つけるや否や、犬歯を剝き出しにして吠えた。

「ごらぁあああ！　アタシの三連覇どうしてくれんだ！　このクソ野郎！　八つ裂きにして犬の餌にしてやっから、そこから動くんじゃねぇぞ！」

（あいつが、シスターアンジェか……）

俺にしてみれば、願ってもも無いチャンスである。クライアントから名指しで絶対に殺せと言われていた標的が、自分からのこのこ現れてくれたのだから。

ただ、真っ直ぐにこちらに向かってきたところを見ると、俺たちが森の中に潜んでいたことは、とっくにバレていたのだろう。

(流石、正教会ってとこか……一筋縄ではいきそうにねぇな)

「うぉらぁああ！　テメェが頭だなっ！　覚悟しやがれ！　ド畜生！」

問答無用とばかりに襲いかかってくるシスターアンジェ。

彼女は駆けながら魔法を発動させる。

両手をパンと合わせて引き離すと、彼女の左右の手の間で電光とともにバチバチッという音が弾けた。

「喰らいやがれ！　『雷の蔦《サンダーアイヴィー》』！」

酸素が反応してオゾン化し、特有の生臭い臭気が鼻を衝く。

彼女がそのまま両手を振りかぶると、手の間に蟠《わだかま》っていた電撃が投網《とあみ》のように広がって、俺たちの上へと覆い被さってきた。

「ちっ！」

迫り来る電撃の投網を前に、俺は背中の大剣を抜き払い、大きく振りかぶる。

「頼んだぜ、相棒！」

頭上でバチバチッと感電するような音が響き渡った。雷撃の網に絡めとられ、左右で手下どもが短い悲鳴とともに倒れこむ。

だが、俺の手にあるのは、そんじょそこらの剣ではない。襲い来る雷を断ち切って、雷撃をその刀身に絡めとった。

「あん？　なんだてめぇ、おもしれぇ玩具《おもちゃ》持ってんじゃねーか！」

シスターアンジェの、ただでさえ凶暴な表情が不愉快げに歪む。

俺は剣をひと振りして、纏わりついた雷撃を払うと、彼女に向けて肩を竦めてみせた。

「玩具《おもちゃ》呼ばわりは感心しねぇな。これでもお前らの信奉する大英雄オズマの残した宝剣だぞ。っていっても、あまりのえげつなさに、お前ら教会は宝剣とは認めなかったみてぇだけどな！」

俺がそう言い放つと、シスターアンジェの背後にいたガリガリに痩せた神官が、「あっ⁉」と素っ頓狂な声を上げる。

「あ？　なんだ、メスト知ってんのか、おめぇ」

「シ、シスターアンジェ。あれは呪物として封印されていた邪剣、『人喰い《マンイーター》』に違いありません」

ガリガリ神父の言うとおり、これは邪剣『人喰い《マンイーター》』。

英雄オズマが、目にも止まらぬ速さで移動する『高速悪魔《ハイスピードデーモン》』との戦いで使用し、高祖フェリアが常に傍らに置いていたと言われる伝説の剣だ。

「へぇ……あれがそうなのか。じゃあ、きっちりしばき倒して取り戻さなきゃな」

シスターアンジェが、また犬歯を剝き出しにして、不敵な笑みを浮かべた。

「それに、剣の戦いなら、寧ろアタシのほうに分があるんだからよ」

(分がある？)

俺が怪訝そうに眉根を寄せると、彼女は宙空に向かって腕を伸ばす。

「来いよ！　『雷　剣《サンダーブレイド》』！」

その瞬間、雷鳴とともに降って来た二本の稲光を、彼女はそれぞれ両手に摑みとった。

質量を持った稲妻は、剣というには歪《いびつ》なショーテルのような形状に変化して、バチバチと音を立てて発光している。

俺は思わずヒューと口笛を鳴らして、肩を竦めた。

(シスターアンジェは化け物みたいなヤツだとは聞いてたが、みたいな……じゃねぇな。風の上位属性の雷をここまで使いこなすとか……マジモンの化け物じゃねーか)

「だが……剣で俺に渡り合おうってのは、流石に舐めすぎだ」

「ほざけ！」

言うが早いか、彼女は、勢いよく俺のほうへと飛びかかってくる。

それを見据えて、俺は「フンッ！」と剣を振るった。

大剣を横なぎに振るえば、間合いになど入れるわけがない、その筈だった。

だが、彼女は高く跳躍してあっさりとそれを躱《かわ》し、二本の稲妻を大上段に振り上げながら、俺へと斬りかかってくる。

「殺《と》った！」

彼女が確信したような声を上げたその瞬間、俺は無造作に剣先を掲げた。

「悪いが、こいつは意地汚くてな。とにかく口が卑しいんだ」

途端に剣の先端が風船のように膨らんで、熟れた果実のごとくに一気に弾ける。そして、割れ竹さながらに剣先が八つに割れて、その奥に暗黒の穴が口を開けた。

「なっ⁉」

割れた剣先が触手のようにうねり、宙空を舞うシスターアンジェに襲いかかる。彼女は慌ただしく剣を振るって必死にそれを弾くが、流石にこの数はさばききれない。

「くっ！」

そして正に触手が彼女を捉えようとした、その瞬間――。

「危ない！　アンジェ！」

横なぎに飛び込んできた別のシスターが体当たりしてシスターアンジェを弾き飛ばし、彼女の代わりに触手に絡めとられた。

色素の薄い肩までの銀髪、それは子供のように小柄なシスター。

「な⁉　ファラン⁉」

驚愕に目を見開くシスターアンジェ。一方、触手に絡めとられたシスターは「ヒッ⁉」と、喉の奥に詰まったような声をその場に残して、なすすべもなく暗黒の穴へと引きずり込まれていった。

それは、まさに一瞬の出来事。

地面へと転がり落ちたシスターアンジェは、余りの事に呆然としていたが、突然、目を覚ましたかのように身を跳ねさせて、大声を上げる。

「貴様ァアアアアア！」

「ははははっ！　『人喰い《マンイーター》』って名を比喩か何かだと思ってただろ？　まあ、普通はそう思うわな」

途端に、彼女の背後でシスターが一人、へなへなと膝から崩れ落ちる。

よく見れば、そいつは今しがた『人喰い《マンイーター》』が喰らったシスターにそっくり。どうやら喰われたのは、双子の片割れらしかった。

「ファランをどうした！」

「はっ！　知るかよ。こいつがどこに繋がってんのかなんて、俺にもわからねぇな」

俺が揶揄《からか》うようにそう告げると、彼女は目を見開き、こめかみに血管を浮き上がらせながら、声を震わせる。

「あーあ、キレた……キレちまった……お前、もう人並みの死に方じゃ済まねぇぞ」

空を覆う黄埃《こうあい》。立ち昇る土煙。悲鳴と呻き声がうねりのように響いている。

観客席に尻餅をつくように倒れ込んでいた巨大なゴーレムが、瓦礫を撒き散らしながら今まさに起き上がろうとしていた。

『爆　裂《エクスプロージョン》』で吹っ飛ばした頭は、既に修復を終えて元どおり。

濃厚すぎる魔法素子のお陰で、巨大ゴーレムはカタログスペックの数倍にも及ぶ再生能力を示していた。

巨体を支えるためにゴーレムが手をかけた外壁が、一層派手に崩れ落ちる。恐らく闘技場の中だけでなく、周囲も大変なことになっているのだろう。

（でたらめ過ぎるな、こいつは……）

俺が自嘲気味に口元を歪めると、アーヴィンが切羽詰まった顔をして胸倉を掴んできた。

「言いなさい！　早く！　この化け物の停止方法は！」

「それが……」

鼻先に顔を突きつけてくる彼女に、俺はタジタジと後退《あとずさ》った。

（求婚、受諾、接吻の停止シークエンスに、未婚という条件はつけていないから、シャーリーが戻ってくるのを待って……）

俺がそんなことを考えていると、アーヴィンは益々焦れたようにヒートアップする。

「とっとと吐きなさいよ！　何もったいぶってんのよ！　バカなの？　アンタが躊躇してる間に死人がどんどん増えてるんだからっ！」

「いや……その……まずは、アイツの体内に入んなきゃならないんだが……」

「体内？」

「例えば、あの頭の観覧席、窓からあそこに飛び込めれば、それで充分なんだが……」

「わかった！　じゃあ、行くわよ！」

「行くって……」

アーヴィンは戸惑う俺の背後に回って羽交い絞めにすると、ブーツの底から火を噴いて、有無を言わさず宙に浮き上がる。

「わ、ちょっとっ！　おいっ！　は、話を聞けってば！」

「すっとろいのよ、アンタは！　それにしてもやっぱり、二人分だとスピードは出ないわね」

俺を抱きかかえて飛べている時点で、アーヴィンの精霊力は以前の比にならないぐらいに向上していると思うのだが、やはり遅いものは遅い。

実際、ゴーレムが身を起こすために手をついていなかったら、小蝿のようにあっさり叩き落とされていたことだろう。

そんなことを考えているうちに、再生した真新しいゴーレムの頭部が眼前へと迫ってくる。

やはり再生能力はカタログスペックを大きく上回っているようだ。これまでの攻撃の痕跡といえば、せいぜい胸元にアーヴィンが乱射した火球の焦げ目が焼きついている程度。

「突っ込むわよ！」

「ひっ!?」

俺たちは窓から観覧席に飛び込むと、勢い余って絡まるように奥の壁面へと身をぶつけた。

「痛ったた……」

ぶつけた腰をさすりながらアーヴィンが身を起こし、叩きつけられた肩を押さえながら、俺はその場に座り込む。

「酷い目にあった……無茶しすぎだろ」

「無茶でもなんでも、コイツを止めなきゃ人が死ぬ。時間が経てば経つほど死人も増える。私はこの国の姫よ！　できることがあるならなんだってするわよ！」

（こんな状況になってしまったら、シャーリーが戻ってくるのを待ってなんて悠長なことは言ってられないか……幸いというかなんというか……必要なのは一組の男女なわけだし）

俺は、あらためてアーヴィンを見据える。

「なんでもするって言ったよな？」

視線が絡み合うと、彼女は一瞬戸惑うような素振りを見せた。だが、すぐに持ち前の気の強さを発揮して、キッと睨み返してくる。

「ええ、言ったわよ！　で、何をすればいいの？　止められるんでしょ！　もたもたしてる場合じゃないわ！」

停止シークエンススタートのキーは、ゴドヴィンの決めたプロポーズの言葉。設定したのは俺自身だし、それはちゃんと覚えている。

問題はその後だ。

相手の受諾、そして誓いのキス。

だが、受諾したフリでは意味がない。言葉のやり取りがキーではないからだ。

プロポーズを受諾した瞬間に、男女の間には魂のバイパスが繋がる。その開通をキーとして設定してあるのだ。

(終わった後で全部話して、反故《ほご》にはできるだろうけど……一旦は受け入れてもらう必要があるからな……)

「本当になんでもできるか？　その身を犠牲にしろと言われても？」

俺が真剣にそう問いかけると、彼女は一瞬たじろぐような素振りを見せた後、真っ直ぐに俺の目を見つめ返してきた。

「できるわ！　それが本当に必要なことなら！」

「わかった。じゃあ、これから俺が言うことを全て受け入れてくれ。どんなに不快でも拒絶しないでくれ！　フリじゃダメなんだ。本気で頼む。それが停止キーだからな！」

アーヴィンはゴクリと喉を鳴らし、緊張気味に頷く。

「わ、わかった……」

「じゃあ、始めるぞ」

俺は頭の中で、ゴドヴィンのプロポーズの言葉を反芻《はんすう》した。

プロポーズの開始とともに、停止シークエンスがスタートしてゴーレムの体内を魔力が走る。

スタート出来たかどうかは、はっきりとわかるはずだ。

俺は立ち上がり、大きく息を吸うと、アーヴィンの肩を掴んで正面から彼女と向き合う。

「な、なに？　ど、どうしたの？」

怯えるような表情のアーヴィン。俺は彼女の目を見つめると、大きく声を張りあげた。

「お前を愛してる！　頼む！　俺の子を産んでくれ！　ガンガン産んでくれ！　お前と俺の子で一個師団を作ろう！　好き好き大好き！　結婚してくれぇぇえええっ！」

いくら脳筋でも一個師団はないだろうと呆れたものだが、まさかこんな頭のおかしいプロポーズを自分が口にする羽目に陥ろうとは想像もしていなかった。

俺の声がわずかな残響の後に消え去ると、フォン！　と風を斬るような音が響いて、周囲に魔力が広がっていく感触がある。

同時に、小刻みに揺れ動いていた巨大ゴーレムがピタリと動きを止め、静寂が闘技場に舞い降りた。

（よし、停止シークエンススタートだ！　頼んだぞ、アーヴィン！）

次のステップは、アーヴィンがこれを受け入れること。

いくら俺のことが嫌いでも、さっき彼女自身が口にしたように、この国の姫としての覚悟があれば、受け入れることぐらいできるはずだ。

だが――

「け、けけ、けっこ、けっこ、こ、けっこ……けっこ……」

彼女は狼狽しすぎて、ニワトリみたいになっていた。

（アーヴィンさんっ!?）

黒目は完全に泳ぎ切って、頭から湯気でも噴き出しそうなぐらいに顔は真っ赤。今にもそのままぶっ倒れてしまいそうな有様である。

(覚悟は⁉　なんでもするって言ったじゃん⁉)

いくら慌てようとも、停止シークエンスがスタートしたら次は受け入れ。俺が言葉を差し挟むわけにはいかない。

(言ったろ！　受け入れろ！　受け入れるんだってば！)

俺はアーヴィンが正気に戻るのを期待して、必死に目で訴える。

掴んだ肩を揺すると、アーヴィンは「はっ！」と目を見開いた。

(そうだ！　アーヴィン！　頷くだけでいいから！)

だが、次の瞬間——。

パシン！　と乾いた破裂音が響き渡る。

同時に頬に鋭い痛みと灼熱感が走って顔が歪み、首がもげそうになった。

一言で言えば、思いっきりひっぱたかれたのだ。

そして彼女は、真っ赤な顔のまま盛大に捲《まく》し立てた。

「ア、アンタねぇ！　と、と、時と場所を考えなさいよ！　そ、そりゃ、私だって、その……イ、イヤってわけじゃないけど……でも、ほら、雰囲気とか……ほら、あるじゃないの！　こ、こんなとこじゃイヤよ。や、やりなおし！　や、やりなおしを要求するわ！」

やりなおしなどできるわけがない。

途端に、ゴーレムの体内を巡っていた魔力が雲散霧消して、それまで動きを止めていた巨体が再び動き出した。

「くっ！」

(受け入れろって言ったのに！)

文句の一つも言ってやりたいところだが、もはやそれどころではない。

失敗するということは、つまりイレギュラーな侵入者。ゴーレムはそう判断して、排除するように設計されているのだ。

警報じみたけたたましい音が鳴り響き、俺たちが飛び込んできた観覧用の窓。それが物凄い勢いで閉じ始めている。

(ヤバい！　そんなのまで速いのかよ！)

俺は戸惑うアーヴィンを横抱きに抱きかかえると、窓のほうへと駆け出した。

「ちょ!?　ちょっと！　なにすんのよ！」

「俺一人なら何とかなる！　逃げろ、アーヴィン！」

「きゃっ!?」

窓が閉じ切る最後の一瞬、正にギリギリのタイミングで俺は彼女を外へと投げ捨てる。

次の瞬間、窓が完全に塞がれて、光一つない闇が訪れた。

壁越しに悲鳴が聞こえたが、大丈夫なはずだ。彼女は飛べるのだから。

俺が「ふう」と吐息を洩らしたのとほぼ同時に、ギシギシと左右の壁が軋み始める。

　ついさっき、女王陛下を潰そうとしたように、巨大ゴーレムはまた、左右から自分の頭を押し潰そうとしているに違いなかった。

（さて、どうしたもんか……壁を壊そうにも、こんな閉鎖空間で『爆裂《エクスプロージョン》』ぶっ放したら、俺だってただじゃすまない。しかも濃厚すぎる魔法素子のせいで再生能力はカタログスペックよりも遥かに高くなってやがる。穴を開けられたとしても脱出できるほどの時間を稼げるかどうか……）

　そこまで考えたところで、俺は思わず呟いた。

「あれ？　これ、ヤバくね？」


「ばかぁああああああああっ！」

　宙空に投げ出された私は、声を上げながら『噴射《アフターバーナー》』を発動させる。

　ブーツの底から噴き出す炎、私は回転しながら姿勢を制御して、どうにか宙空に留《とど》まった。撒き散らされる石礫を避けながら高度を上げる。眼下では巨大ゴーレムが両手を掲げ、まるで苦悩する人のように自らの頭部を両手で挟み込もうとしていた。

（ど、どうしよう……どうしよう……）

　自分でも驚くほどに動揺している。いったい何を間違えたというのだろう。わからない。だがその結果、私だけを逃れさせて、オズマはそのままゴーレムの内部に取り残される状況に陥った。私を逃がすために彼は、逃げるチャンスを失ったのだ。

巨人の頭部は既に隙間なく密閉状態。その上、絶対に逃がさないとでもいうかのように、更に二重、三重と石壁が厚みを増していく。その結果、ほぼ正方形だった頭部がわずかな時間の間に、歪な円形を形作ろうとしていた。

(ほんと、何考えてんのよ、あのバカ……)

あんな状況でプロポーズしてきたのは、まったく意味がわからなかったが、やり直しを要求した手前、勝手に死なれては堪ったものではない。

「伝説の大英雄のくせに……死んだら許さないんだから」

私は、ぎゅっと唇を噛み締めた。

第六章　精霊王との邂逅

とりあえず、アーヴィンを逃がせたのは良かったが、俺が絶体絶命の状況に陥っていることは疑いようもない。今も壁面がギシギシと軋んでいる。それほど時間に余裕はなさそうだ。

(さて……どうしたもんかな?)

そう考えた途端、脳裏を過《よぎ》る光景がある。

わずか数分前に見た景色、違和感を覚えながら、なんとなく見過ごしてしまった光景である。

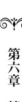

この巨大ゴーレムの頭部に飛び込む時に見えた、アーヴィンの火球がつけた焦げ跡の記憶がやけに鮮明に浮かび上がった。

（なんで、あの焦げ跡は修復されてなかったんだ？）

この巨大ゴーレムを造ったのは俺自身。もちろん、スペックは完全に把握している。

宝玉型の魔道具を城砦に埋め込んで発動させれば、その城砦そのものを素材として巨大ゴーレム化する、そんな馬鹿げた代物だ。うん、我ながら頭がおかしい。

物理攻撃や魔法での破壊は無意味。即時再生する仕様になっていて、現に女王陛下たちが脱出した際に頭頂部に開けた大穴や、俺が『爆裂《エクスプロージョン》』で吹っ飛ばした頭部は、短時間の間に跡形もなく再生されている。焦げ跡がそのまま残っていることなど、本来ならあり得ないのだ。

「精霊魔法は物理でも魔法でもない……少なくともこのゴーレムにとってはイレギュラーだったってことなのか？」

これは、実に興味深い現象だ。凄く興味を惹かれる。研究意欲を刺激される。

（色々、実験してみたいところだけど……）

もちろん、そんなことを言っている場合ではない。

だが、精霊魔法が効くということさえわかれば、自ずと脱出方法は見えてくる。

「火球《ファイアボール》！」

俺は精霊魔法で掌に引っ張りだした火球を壁面へと投げつけた。

爆発の効果を付与しない火球《ファイアボール》では、壁面に黒い焦げ跡をつけるのが精一杯。

修復される気配はないが、ぶ厚い壁面はビクともしなかった。

(問題は火力……必要なのは、この壁面を突き破るほどの火力だ)

この三百年後の世界においては、濃厚な魔法素子のお陰で古代語魔法——生まれ変わる前から使っている魔法の威力は格段に上がっている。

一方、精霊魔法の炎は、注ぎ込む精霊力の量によって威力を引き上げることこそ可能だが、やはり従来の魔法とでは雲泥の差。圧倒的に威力が足りない。

(とにかく……徹底的に精霊力を注ぎ込んで、威力を上げるしかないか)

精霊魔法の炎が自分自身を傷つけることがないというのは、この狭い空間で行使するには実に好都合だ。どれだけ無茶をしても自滅することがないなら、思い切ったこともできる。

この場合、火球《ファイアボール》のように単発の魔法ではなく、精霊力を注入しながら継続的に威力を上げていける形式が望ましい。

(それなら……)

俺は意を決して壁面に手を当て、精霊力を流し込んだ。

途端に、壁の表面を這うように火が周り始める。

だが、もちろんそれだけでどうなるわけでもない。

いくら表面を焦がしたところで意味はないのだ。

ここからが勝負。威力よりも火力、そして熱量。吹っ飛ばすことは考えない。炎の温度を上げることにただただ集中する。

（岩をも溶かすほどの超高熱を、鉄をも溶かすような超々高熱を……）

俺は壁に当てた掌に精霊力を集めて、それを一気に注ぎ込み始めた。

（ありったけの精霊力を流し込んでやる！）

明確にどれぐらいの精霊力を注ぎ込んでいるのかなんてわかるわけもないが、目安として以前、精霊球に手を当てた時の感覚を思い浮かべる。

一〇〇、二〇〇、三〇〇――

思い浮かべた精霊球の中で数字が回り始め、精霊力を注ぎ込むほどに、炎は勢いを増していく。

八〇〇、九〇〇――

本物の精霊球は九百九十九で砕けたが、脳内イメージの精霊球はあっさりとそこを超え、四桁へと踏み込んだ。

一〇〇〇、一一〇〇、一五〇〇、二〇〇〇――

この頃には、もう火の手が壁面から溢れ出し、この狭い空間全体に炎が満ちている。

二二〇〇、二五〇〇、三〇〇〇――

三〇〇〇を超えた途端、壁面が赤熱し始め、表面がマグマのような粘液状になって滴り始めた。

（よし、いいぞ！　このまま押し切ってやる！）

今や視界の全てがオレンジ色。鍛冶屋の炉の中にでもいるような錯覚を覚える。

この炎が俺の身を傷つけることはないけれど、それはあまりにも壮絶な光景だった。

三三〇〇、三五〇〇――

流石に、これだけの精霊力を消費すれば苦しい。正直、かなり苦しい。

手を当てている部分の岩が溶け落ちて、すりばち状に凹み始めている。だが、それでもまだ
まだ壁は厚く、壁の向こう側へと貫通する気配は微塵《みじん》もない。

まるで底の開いた容器に必死に水を注ぎ込んでいるかのような、そんな錯覚を覚え始めていた。

(俺の精霊力が尽きるのが早いか、壁が壊れるのが早いか……それとも頭ごと押し潰されるのが早いかだな)

額に滲んだ汗がすぐに蒸発する。膝が笑い始めている。頭がクラクラする。吐息は荒く、吐く息は熱い。限界がもう、すぐそこまで這い寄っていた。

(絞り出せ！　まだだ！　まだいけるだろ！　オズマ！)

俺は歯を食いしばって、必死に堪える。

四〇〇〇、四五〇〇――

そして、恐らく五〇〇〇を超えた。そんな手応えを覚えた、その瞬間――。

いきなり目の前がチカチカと明滅して、そのまま白み始める。

(やばい！　精霊力が尽きたか……)

意識が遠のき始め、膝から崩れ落ちそうになったところで、突然何の脈絡もなく、白いドレ

スを纏った幼い女の子の姿が脳裏を過《よぎ》った。

（……フェリア？）

それは、成長してはいたが、紛れもなくフェリアだった。

俺の知る、薄汚れたみすぼらしい格好ではなかったが、彼女であることぐらいはわかる。

（悪いな……折角転生させてもらったのに……どうやらここで終わりみたいだ）

彼女の姿が、薄れゆく意識の中に溶けていく。やがて音が消え、視界が真っ白に染まった。

刹那——

『愛し子よ』

幼い少女と野太い男性の声が二重に響き渡った。

（なんだ……？）

真っ白な空間にふわふわと浮かんでいる、そんな感覚。

手足の感触もなく、身体の輪郭すら曖昧に思えた。

『我が愛し子よ』

頭の中に直接語りかけてくるようなその声に、俺は問い返す。

（……誰だ？）

『全ては炎より出でて炎へと還る。我は王の中の王、精霊を統べる者、極大にして極小、無にして有、原初の炎、そのものである』

（もしかして、炎の精霊王……なのか？）

その問いかけには返事がない。だが、恐らくそうだろう。そうとしか考えられない。

これまで、炎の精霊王は存在しないと言われてきた。

だが、俺はそれを『あり得ないこと』だと、そう思っていたのだ。

土水火風の四大元素は、精霊魔法に限らず、通常の魔法においても重要な因子である。その一つが欠けることなど絶対にあり得ない。

なにせ、世界を構成する因子なのだ。

それぞれは補完し合い、打ち消し合う関係。その中の一つだけが存在しなくなれば、世界そのものが存在できなくなる筈なのだ。

つまり、存在はしている。だが、隠れている。

俺はそう考えていた。

そして、いざタネを明かしてみれば、実にくだらない話。

この精霊王に限っては、要求される精霊力が高すぎたのだ。それも、誰の手も届かぬほどに。

他の精霊王が、八〇〇前後の精霊力を捧げれば手を差し伸べてくれるのに対して、炎の精霊王だけが五〇〇〇もの精霊力を要求する。

(もったいぶりやがって……)

『もったいぶったわけではない。我が愛し子よ』

「……反論してくんのかよ」

『我は非難されることには、かなり敏感なのだ。我が愛し子よ』

「それは悪かった」

『ならば良し』

「いいのかよ……」

何にせよ、精霊王との初めての邂逅《かいこう》だ。興味は尽きない。聞きたいことは山ほどある。

だが、いますべき問いかけはただ一つ。

「精霊王は、固有魔法を授けてくれると聞いているが？」

すると、小さな女の子の声が響いた。

『授けよう』

続いて、野太い男の声が響いた。

『授けよう』

そして、二つの声は重なり合って、同じ言葉を紡ぐ。

『全てを焼きつくす原初の炎、その力をお前に授けよう！』

次の瞬間、血管の中を炎が駆け巡るような感覚が俺を襲った。

体内を駆け巡った炎がやがて心臓へと集まって俺の魂へと入り込んでくる。そして、言葉で表現しようのない術式を魂に焼きつけていくのを感じた。

「ははっ……マジかよ」

苦しくないと言えばウソになる。だが、興奮がそれを遥かに上回った。

それは、一人の魔法研究者として、驚くべき経験だった。

本来、魔法は方法さえ理解できれば誰でも身につけることの出来る物、再現可能な純粋な技術である。

精霊魔法も先天的な系統の縛りこそあれ、鍛錬すれば鍛え上げていける。これも技術といって差し支えはないだろう。

それらに対して、この固有魔法は根底から異なる物だ。

自分の魂に、発動するための術式を埋め込まれるような感覚。自分以外の誰にも使えず、誰にも教えることのできない能力。

まさに『授かり物《ギフト》』としか表現しようのない物だ。

精霊王の気配が消え去った後に残されたのは、魂に刻み込まれた固有魔法の術式と、それを行使できるという確信。そして魔法研究者としての抑えのきかない興奮。

シャーリーは固有魔法について、『精霊王はその人間の人生において、最も必要とする魔法を与えてくださるのです』と、寝物語にそう言っていた。

それが事実だとすれば、少々複雑な気分である。

俺に与えられたのは一言で言えば、全てを無に帰す力だからだ。

俺は静かに目を開く。

止まっていた時間が動き出したようなそんな感覚。

ギシギシと軋む壁面、砕けた砂礫がぱらぱらと降り注いでいた。

この巨大ゴーレムの頭部が押し潰されるまでに、もはやそれほど時間は残されていない。

俺は石床に手をついて目を閉じ、手にしたばかりの固有魔法を発動させる。

「万物は流転する。原初の炎よ。無より出でし者を無へと帰せ」

そして俺は、目を開いた。


『——火葬《クリメーション》！』


砂礫で黄色く染まった空に、雷光が駆け巡る。

「ゲ、ゲッツェの旦那、マズいですぜ。このままじゃジリ貧だ！」

「わかってる」

切羽詰まった声を上げる手下の一人にそう言い捨てて、俺は地面から突き上げてくる氷柱《つらら》を、剣でかち割った。

「死ねっ！　死ねぇ！　死ねぇ！　許さねぇぞ！　ファランの仇《かたき》ぃぃぃぃぃ！」

ひたすら俺を攻め立ててくるのは、シスターアンジェではない。

さっき『人喰い《マンイーター》』に喰わせた双子のもう片割れが、半狂乱になって襲いかかってくるのだ。

狂気染みた猛攻。俺は次から次へと地面から突き出してくる氷柱を必死に砕き、躱し、どうにか防ぐ。まさに防戦一方であった。

（かかってきてほしいのはおまえじゃねぇんだよ、クソが！）

さっき、双子の片割れに妨害されたのは計算外だったが、一方では好都合だとも思っていた。シスターアンジェが激昂すれば、確実に得意の『雷化《サンダナイズ》』で俺を攻撃してくる。そうなればこちらの思う壺だからだ。

『雷化《サンダナイズ》』の弱点は、空中で方向転換できないこと。一方、俺の邪剣『人喰い《マンイーター》』は向かってくる者をフルオートで捕食する。

つまり怒り任せに『雷化《サンダナイズ》』で俺に攻撃を仕掛けてきたが最期、シスターアンジェは邪剣に喰われて終わり、そのはずだったのだ。

だから、シスターアンジェが「キレた」と、そう口にした時には、俺は胸の内で快哉を上げた。

勝った！　そう思ったのだ。

ところが、ここで計算が狂ったのである。彼女が『雷化《サンダナイズ》』を発動しかけたところで、いきなり残った方の双子の片割れが割り込んできたのだ。

やけくそ気味に俺へと氷雪系魔法を放ちまくる双子の片割れ。おかげでシスターアンジェはやれやれとばかりに、標的を俺ではなく手下どもへと変えてしまった。

手下どもでは、『雷化《サンダナイズ》』に抗いようもない。

なにせ、稲妻と化している間は物理攻撃無効。光の速さで突っ込んできて、電撃を喰らわせるのだから手も足も出しようがない。お陰で立っている手下の数は減る一方だ。

もちろん、他の神官戦士やシスターたちも大人しくしていてくれるわけではなかった。

「このクソがぁっ！」

目の細い神官が、こちらに突入させてきた雄牛のゴーレムを力任せに砕いて、返す刀でまた襲いかかってくる氷柱を叩き割る。息をつく暇もありはしない。

(どうにかして、逃げ出す隙をつくらねぇと……)

気がついた時には、あれだけいた手下も残りわずか。倒された者もいれば、早々に逃げ出した者もいる。

(これ以上は貰った金じゃ割に合わねぇ。どうにかしてあの双子の片割れをぶっ殺さねぇと……逃げ出す隙も見当たらねぇぞ)

思わずギリリと奥歯を鳴らしたその瞬間――。

いきなり轟《ごう》と炎が噴き上がるような、そんな音が響き渡った。

その場にいた誰もが思わず手を止めて、頭上を見上げる。

「なんだありゃ……」

燃えていた。

闘技場の観客席からのぞく巨大ゴーレムの上半身が、真っ青な炎に包まれているのが見えた。

呆気に取られたような一瞬の静寂、続いてどよめきが溢れ出す。

「な、なんだ、この凄まじい精霊力は!?」

神官どものほうから、そんな声が聞こえてきた。

精霊力の欠片《かけら》もない俺たちにはわからないが、連中には感じるものがあるのか、どこか怯えたような顔をして宙を見上げている。

反撃するなら今——とは思わなかった。

「野郎ども、撤退だ！」

逃げるなら、神官どもが気を取られている、今をおいてほかにない。


「こ、これが……大英雄オズマの力……？」

蒼炎に包まれる巨大ゴーレムを宙空から見下ろして、私——アーヴィンは無意識にそう呟いていた。

突然噴き上がった蒼い炎に単純に驚いたということもあるけれど、それ以上に、いきなり溢れ出した膨大な精霊力に圧倒されたのだ。

さほど距離が離れているわけではないのに、蒼炎に熱は感じない。

それは、ただ静かに燃え盛っていた。

自然現象ではありえない。どう考えても精霊魔法だ。それも炎系統の。

「まさか……炎の精霊王に接触できたの？」

信じられない。だが、そうとしか考えられない。

炎の精霊王が存在しないということを理由に、私たち炎属性の人間は、不当に貶《おとし》められてきたのだ。

だが、存在した。炎の精霊王は存在したのだ。

そう思った途端、ボロボロと涙が零れ落ちた。

同じ炎属性なのに、オズマと私では格が違いすぎる。

それを悔しいと思う気持ちはもちろんある。嫉妬だってしている。

だが、それ以上に嬉しかった。

私たちは劣ってなんかいない。他の属性に負けてなんかいない。

それが証明された事が、ただ嬉しかった。

「オズ……いえ、オズマ」

口の中で彼の名を舌に載せる。

私の視界の中で巨大ゴーレムが、蒼炎に包まれ、粉になって崩れ始めていた。

「原子分解とは、またトチ狂った力を発現されたものですね……。さて、女王陛下にはどう説明したものでしょうか？」
ワタクシ——ジゼルはメイド服のスカートを翻し、女王陛下の落下地点へとモトを走らせながら、消滅していく巨大ゴーレムを振り返った。

こちらの世界には、『原子』や『分子』という概念はまだ存在していない。

陛下に説明を求められたら、『物体の最小単位まで細かく砕く魔法』とでも答えるしかなさそうだ。

それにしても凄まじい。

伝説の大英雄とは聞いていたが、流石にこれは予想を遥かに超えている。

ヤバさでいえば、ベクトルは違えど、ワタクシの本来の主人であるあの方の切り札――『部屋《ザ・ルーム》』と張り合えるレベルかもしれない。

「いったい、フェリアは彼をどうしたいんでしょうね……」

あそこまでの力を与えなければならないというのは、フェリアと彼が再び出会うまでの道のりがそれだけ困難だということにほかならない。

（一応、最後まで見届ける契約ではありますけれど……）

その道のりの遠さに、ワタクシは思わず深く溜め息を吐いた。


声を発するわけではない。叫び声が聞こえるわけでもない。

だが、青々と燃え盛る炎に包まれた巨大ゴーレムが、苦しげに身を仰け反らせる姿は、断末魔の絶叫を錯覚させた。

そして、眺めていた絵が点描だと気づいたその瞬間のように巨体は形を失い、無数の点となって、その存在を大気に散らす。

まるで泡が弾けるように、嵐に砂が舞い散るように。

その膨大な塵の中から弾き出されるかのように、黒髪の少年が宙に姿を現して、私は思わず声を迸《ほとばし》らせた。

「オォズゥゥゥゥウウウウッ！」

フルブースト。ブーツの底から噴き出した炎が長く尾を引く。私は身を投げ出して、少年へと必死に手を伸ばした。

その瞬間、彼が微笑んだような、そんな気がした。

まるで、私が飛び込んでくるのを知っていたかのように。信じていたとでもいうように。

彼の胴へと衝突気味にしがみつくも、すでに精霊力は底を突きつつある。とてもではないけれど、二人分の体重を支えられるほどの力はない。

「くっ……ふなぁあああああっ！」

一国の姫にあるまじきはしたない声を上げながら、私は重力に抗うように炎の向きを調整し、必死に落下速度を遅らせる。

そして、私たち二人は絡まり合うように、闘技場の舞台上へと転げ落ちた。

「オズ！」

私は、下敷きになった彼の胸から顔を上げ、その顔を覗き込む。

すると彼は、静かに口元を弛めた。

「……助かったよ、アーヴィン」

「け、怪我は？」

「大丈夫、大したことない。おまえは？」

「……あなたのせいで身体中痛いわ」

「そりゃすまない」

そんな軽口がおかしくて、二人はどちらからともなく笑い始めた。

背後を振り返れば、光の粒子となったゴーレムの巨体は、風景に溶け切りつつある。

気が抜けた。力が抜けた。

私は彼の胸に頬を預けて、大きな吐息を洩らした。

精霊王に出会ったの？　私がオズにそれを問おうとした途端――。

それまで水を打ったように静まり返っていた闘技場が、いきなり歓声に包まれた。

どうやら呆気にとられていた観客が我に返ったらしい。

「これ……大会は中止だよなぁ」

「でしょうね」

身を起こすオズに、私は呆れ口調で返事をした。

闘技場は半壊、死傷者もたぶんかなりの数に上っている。大会の継続などできるわけがない。

もっとも、主催は教会側なだけに、警備体制の不手際について責められるべきは教会側。教会側に失点をつけられたという意味でいえば、王家としてメリットがないわけではないが、民衆に犠牲者が出ている手前、諸手を挙げて喜ぶわけにはいかない。

「オズくん！　姫殿下！」

観客席の柵を乗り越え、ザザとアマンダ、ボルツとイニアスが私たちの名を叫びながら、こちらへと駆けてくるのが見えた。

クロエは、たぶんまだ医務室。相変わらずトマスの姿は見当たらない。

「ふふっ……オズ、詳しい事は後で聞かせて。とりあえず、今はみんなの無事を喜びましょう」

「ああ、そうだな」


「ちいっ！　いったい、どうなっているのです！」

私は、思わず地面を踏み鳴らした。

傭兵どもが神官やシスターたちに押し返されて、敗走し始めているのは別にかまわない。

アイツらは、どうせ捨て駒だ。

だが、虎の子ともいうべき巨大ゴーレムが、突然砕け散ったのはあまりにも予想外だった。

アレを倒せる者などいるわけがない。だとすれば、アレ自体に何らかの不具合があったとしか考えられなかった。所詮は数百年前の骨董品でしかなかったということだろう。

(女王の暗殺は失敗……対抗戦を中止に追い込んだ程度の成果では、失策と咎められるでしょうねぇ)

森の外れに隠してある逃亡用のモトを目指して走りながら、私は舌打ちする。

女王暗殺に失敗した以上、各地で予定されていた武装蜂起は全て中止となるはずだ。

マチュア独立派の組織内での立場が悪くなるのは避けられないが、今は逃げる事が最優先、命あっての物種だ。

必死に走って、モトのところまで辿り着くと、その御者席に誰かが脚を投げ出すように座っているのが見えた。

「遅かったな。マレク・エデウム。独立派実行部隊のナンバースリー」

御者席から私を見据えてそう口にしたのは、アカデミーの制服を纏った金髪の貴公子然とした少年。かなりの美形ではあるが、まるで人形のように表情に乏しい少年だった。

「独立派幹部の誰かが姿を現すだろうとは思っていたが……随分捜すのに手間をかけさせられた」

「何者です！　あなた！　どうして、私の名を知っているのです！」

少年を乗せたモトを中心に土煙が渦を巻き始める。そして、彼は気だるげにポキポキッと肩を鳴らした。

「クジャナのバルサバル。そう名乗れば充分だろ」

「……女王の猟犬!?」

嘗《かつ》て高祖フェリアに敵対し平民に落とされた彼女の弟、その子孫たち。

貴族としての地位回復と引き換えに王家に纏わる汚れ仕事を一手に引き受ける女王の飼い犬、それがクジャナのバルサバル家である。

そして、この少年は、どうやらその一人だということらしかった。


「どうじゃ？　クレア。先程は『違うと思う』と、そう申しておったが、あの異常な力を見てもオズマさまの転生体である可能性はないと思うか？」

大司教さまのその問いかけに、ボクは慎重に言葉を選ぶ。

「……わからなくなった」

やはり見た目は全然違うし、あの巨大ゴーレムを倒したのは確かに炎の魔法ではあったけれど、師匠が得意とした古代語魔法によるものではなかった。

それにあの巨大ゴーレムは師匠が創った魔道具だ。師匠なら解除コードを使って簡単に停止できたはずなのだが、それをしなかったのだ。

ここまでで判断するなら、アレは師匠ではない。そう言い切る事もできるだろう。

だが、あの少年の無茶な戦い方は、ボクの知る師匠の姿を彷彿《ほうふつ》とさせるものがあったのだ。

同世代の魔術師の中で師匠が抜きんでていた理由として、一般的には魔力や研究成果を上げられることが多いが、傍でずっと見てきたボクからすればそこは二の次。一番優れていたのは、その応用力なのだ。

ボクらからしてみれば想像もつかないような魔法の使い方をすることが、三百年前にも度々あった。決めつけるわけにはいかないが、あの少年の行動には師匠を彷彿とさせるものが確かにあったのだ。

「会ってみればわかると思うけど……」

「会えばわかるものか？」

「……たぶん、これでも弟子だし」

「ふむ……では取り計らうとしよう」

二十年前、敬虔なオズマ正教信徒の両親の下に産まれたボクには、産まれながらにして前世の記憶があった。大英雄オズマ最後の弟子、クレア・ビズニールの記憶が。

あの少年が本当に師匠の生まれ変わりなのだとしたら、それはそれでかなり楽しい。ボクの事をさんざん子ども扱いしてきた師匠が、ボクより年下になっているということなのだから。

第七章　祝福

「酷い目に遭った」

そんな一言で済めば良かったのだが、流石にそういうわけにはいかない。

事は女王陛下暗殺未遂事件。多数の死傷者も出ているのだ。

場外の暴徒は神官やシスターたちによって鎮圧され、首謀者とされるマレクという男は、何者かに拘束されて闘技場傍の木に吊るされていたと聞かされた。

俺たちも人命救助に奔走したものの、民間人の死傷者は相当な数に上っている。

現時点では死傷者数を正確に把握できていないらしいが、恐らくは三桁に届くであろうことは想像に難くなかった。

日が傾き始める頃になって、俺たちは後の作業を各地の教会から派遣されてきた神官たちに委ね、来た時と同様に八人乗りの大型モト――マンローダーに揺られて帰路に就く。

誰もが疲労困憊という雰囲気で口数は少ない。

そんな中、アマンダが咎めるような口調で、トマスへと問いかけた。

「本当はどこへ行ってたんですの？」

「……便所だ」

トマスが戻ってきたのは、俺たちが人命救助作業に入って随分経ってから、バディのアマンダにしてみれば気が気でなかったことだろう。

だが、アマンダがいかに唇を尖らせようと、トマスはどこ吹く風。おざなりに答えて窓の外へと目を向ける。

「ちゃんとお答えなさい！　トマス・バルサバル！」

アマンダがヒステリックな声を上げると、ボルツとイニアスの風属性組が彼女を宥《なだ》めるように話に割り込んだ。

「まあまあ、落ち着きなって。男にゃ色々あるんだからさ！」

「そうそう、シスターのああいう際どい格好見てたら、ほら、収まりがつかなくなることだって、なぁ……」

イニアスが残り一人の男子である俺に、「わかるよな」的な視線を向けてくる。

(やめろ、俺を巻き込むな)

「へぇ……そうなんですの」

笑ってごまかそうとするも案の定、アマンダの俺に向ける視線が氷点下にまで下がっていた。

とんだとばっちりである。

「でもまあ、あんな無茶苦茶なことがあったのに、みんなかすり傷程度で済んで良かったよね」

空気が悪くなったのを感じ取ったのだろう。ザザがニカッと白い歯を見せた。

気遣いの　できるいい子だ。と、ついつい本来のおっさん目線でそう思う。

一方、ザザのバディであるクロエは俯いたまま微動だにしない。どうやら、あの水属性の双子シスターにやられたのが、相当堪えているらしかった。

（引きずらなきゃいいんだけど……）

この場で巨大ゴーレムを倒した俺の固有魔法のことが話題に上らないのは、闘技場にいる間に散々聞かれ終わっているからだ。

とはいえ、どこまで言って良いものか判断がつかなかったので、アーヴィンにだけ簡単に説明して、後は「よくわからない」の一点張りで乗り切った。

隣の席のアーヴィンは、どこかソワソワと落ち着かなさげに手遊びをしている。

気持ちはわかる。炎の固有魔法のことが一番気になっているのは、同じ炎属性の彼女だろう。興奮気味なのか、彼女の頬はかすかに紅潮していた。

ちらちらと俺の様子を窺《うかが》っているのも、きっとそのせいだ。

そして、俺たちがどうにかアカデミーに帰り着く頃には、日は完全に沈みきっている。だが、学舎には未だに多くの生徒や職員が残っていた。

それというのも、午後から闘技場に入る予定だった上級クラス、最上級クラスの生徒たちは、結局出発することもできずに留め置かれ、対抗戦の中止、解散を告げられたのも、つい先程のことだったらしい。

おかげでエントランス前のロータリーには、迎えのモトがひしめきあって随分と混雑していた。

マンローダーを降りたところで俺たちも解散。明日は臨時の休校となるらしい。

「じゃあ、オズくん、姫殿下。また明後日！」

手を振りながら、自家のモトへと走るザザを最後に、俺とアーヴィンは二人だけになった。

「はぁ……酷い一日だったわ」

「そうだな」

「帰りましょうか……」

「ああ」

アカデミーには、王家専用のモト停車場がある。

ロータリーを離れ、王家の紋章入りのモトへと乗り込もうとしたところで、一人の女子生徒がアーヴィンのところへと駆け寄ってきた。

「ヴィーネ！　無事で良かった！」

飛びついてきたその女子生徒に、アーヴィンは一瞬驚くような顔をした後、嬉しそうに口元を弛める。

「アルル……待っててくれたの？」

南方系の亜麻色の髪。小柄でふわっと波を打つ長い髪が特徴的な女の子だ。

（アルル……確か、俺の前にアーヴィンのバディだったって子か）

彼女のことは、ザザたちとの会話の中で話題に上ったことがある。

俺が入学する少し前まで、アーヴィンのバディだった女子生徒。今は二つクラスを上げて、上級クラスに在籍している筈だ。

「わたし……ヴィーネのことが心配で、心配で……」

「大丈夫よ。心配してくれて……ありがとう」

仲の良さが窺えるような光景。アーヴィンにもこんな友達がいたのだなと、微笑ましい気持ちで眺めていると、アルルという名のその女子生徒は、敵意に満ち満ちた目で俺を睨みつけてきた。

(あれ？　俺……なんか嫌われてる感じ？)

「ヴィーネ、わたしもう行くけど……そんなのに気を許しちゃダメなんだから！　ヴィーネのバディはわたしだけなんだからね！」

「え？　あ、うん」

走り去っていくアルルを見送って、俺とアーヴィンはモトに乗り込む。

「ぷぷぷ、『そんなの』だって。私が、あなたなんかに気を許すわけないのにね」

仲の良い友達に会えてリラックスできたのか、アーヴィンが揶揄うように脇腹を肘で突いてきた。

「そうか？　もう十分気を許してくれてると思うけど？」

「じゃあ、もっと突き放そうかしら」

彼女は悪戯っぽく微笑む。こんなやり取りができるという時点で、俺たちの距離は随分近づいているのだと思う。

そんなやり取りの中で、俺は彼女に気になったことを聞いてみた。

「さっきの子、ヴィーネって呼んでたけど？」

「ああ、あれは愛称みたいなものね。アルルは南辺のアルバス地域の出なのだけれど、あの辺りの読み方だと、私の名前って文頭が外れてヴィーネになるの」

「なるほどね。愛称呼びを許すぐらい仲良いってことなんだな」

「ええ、とても。あの子は私に気を遣って、わざと試験に落第してまで傍にいてくれたのだけれど……前回の試験で手を抜いているのが姉さんにバレてしまったの」

「フレデリカ姫殿下に？」

「姉さん……ああ見えて、不正には厳しいのよ」

(それで逆にクラスが上がるってのもすごい話だが……才能のある子なのだろう)

やがて、王城に帰り着くと、エントランスでは、メイドのジゼルが俺たちを待ち受けていた。

「お帰りなさいませ。お疲れのところ誠に申しわけございませんが、女王陛下がお二人をお待ちでございます」

俺とアーヴィンは、思わず顔を見合わせる。

固有魔法で射出されて以降の女王陛下やシャーリーの無事は気になっていたのだが、どうやら先に王城に戻っていたらしい。

俺たち二人はジゼルの後について、玉座の間とは違う部屋に案内された。

そこは六人掛けのテーブルセットが置かれた簡素な部屋。場所としては女王陛下のプライベートエリアなので、非公式な来客などに使う場所なのだろう。

テーブルには既に、向こう正面に女王陛下。その左にフレデリカ姫殿下。そして右には、どこか緊張した面持ちのシャーリーが腰を下ろしていた。

「オズマさま、大変お疲れさまでした。ご無事でなによりです。どうぞお掛けください。アーヴィンも」

女王陛下に促されて、俺とアーヴィンはテーブルを挟んで向かいに腰を下ろし、ジゼルは女王陛下の背後へと移動した。

「陛下もご無事でなによりです」

俺がそう告げると、女王陛下は苦笑気味に微笑む。

「そのためにタマラを傍に置いておりましたから」

イラッとするための人材を傍に置くというのも、実におかしな話ではあるのだが……。

「事後処理は明日以降の課題ですけれど、まずは確認しておきたいことが一つ。オズマさまが巨大ゴーレムを倒したと聞き及んでおりますが……その際に使用した魔法、それはオズマさまの固有魔法で間違いございませんか？」

女王陛下は、真っ直ぐに俺を見据えてきた。

「ええ、そうです。俺は炎の精霊王と出会い……固有魔法『火葬《クリメーション》』を授けられました」

「ええっ!?　ほ、炎の精霊王ですかっ!?」

驚き声を上げたのはフレデリカ姫殿下。彼女は現地に赴いていないのだ。今日の状況を詳しくは知らないのだろう。

一方、隣の席で、アーヴィンがぎゅっと唇を噛み締める。

彼女が驚かないのは闘技場にいる間に、事の経緯を話し終えているから。

そして悔しげなのは、炎の精霊王に接触するその条件が、彼女の手に届かない場所にあるからだ。

女王陛下は、それが固有魔法であることはわかっていたのだろう。今の質問は念のための確認。シャーリーも同様。彼女は、どこか誇らしげな顔をしていた。

「ほ、炎の精霊王は、存在しない筈では……？」

狼狽えるフレデリカ姫を制して、女王陛下が俺へと問いかけてくる。

「オズマさま、炎の精霊王と出会うに到った経緯を詳しくお教えいただけませんか？」

「ああ」

俺は、掻い摘《つま》んで説明した。

あのゴーレムには精霊魔法が有効だったこと。脱出する穴を開けるために、精霊力を注ぎ込んでいったこと。そして、注ぎ込む精霊力が五〇〇〇を超えた辺りで、精霊王が接触してきたこと。

「ご、五〇〇〇……」

「我々の尺度で測れるお方ではないと思ってはおりましたが、そこまでとは……」

フレデリカ姫とシャーリーが、呆気に取られたような顔をする。

一方で、女王陛下がどこか楽しげに口を開いた。

「今まで誰も炎の精霊王に出会ったことがないのも当然ですわね。五〇〇〇〇もの精霊力を求められては」

すると、フレデリカ姫がアーヴィンを気遣うようにちらりと目を向けた後、微かに声を震わせた。

「でも……炎の精霊王が存在することがわかっても、それでは炎属性の者が固有魔法を手に入れる術はないも同然ではありませんか……五〇〇〇〇なんて……オズマさま以外に誰が……」

アーヴィンが、膝の上で握った拳に視線を落とす。

確かに、五〇〇を少し超えた程度の精霊力しか持たないアーヴィンが、今からその一〇倍の精霊力を身につけられるかどうかといえば、可能性はないに等しい。

（なんとかならないものかな……）

従来の魔法であれば、幾らか対応策が思いついた。

空気中の魔法素子を効率的に運用して、不足分を補う装置を検討することもできるだろう。

だが、精霊力となると、俺にもまだどんなものかすら、よくわかっていないのだ。

いうなれば、血液の成分や組成がわからなくとも、何の問題もなく体内を循環している。その状況に近い。

俺が思わず項垂れたその瞬間――。

「……ジゼル」

女王陛下は、くやしげに目を伏せるアーヴィンをじっと見据えたまま、背後のメイドへと呼びかけた。

「はい、女王陛下」

「ワタクシがアーヴィンにかける言葉は、一つですわよね？」

「……はい、一国の王者としても、姫殿下の御母堂としても、それが一番適切であると考えます」

いったい何の話をしているのか？

戸惑いがちに顔を上げるアーヴィンに、女王陛下は優しく微笑みかけた。

「おめでとう、ワタクシの可愛いアーヴィン。あなたがどれだけ苦しんできたかも、どれだけ励んできたかも、ワタクシはちゃんとわかっております。あなたの苦難に満ちた日々が、遂に報われる時が来たのです」

第八章　素敵な恋をさせなさい。

「さ、さっさと始めなさいよ！」

アーヴィンが「ふんっ！」と、鼻を鳴らしてそっぽを向いた。

もはや見慣れてしまった素っ気ない態度だが、今日に限っては色々と状況が異なる。

彼女の表情は熱っぽい。鼻先から頬にかけて朱を帯び、いつもなら鋭利な刃物を思わせる釣り目がちの双眸《そうぼう》も、今は弱々しく潤んでいるように思えた。

アカデミーの制服は床に脱ぎ棄てられ、彼女は今、下着姿でベッドに横たわっている。

純白のブラに包まれた胸こそ慎ましいが、腰はアーティスティックな花瓶のようにくびれ、手足は驚くほど長く、スタイルは極めて美しかった。

好きにしろと言わんばかりに手足を投げ出してはいるが、初めて顔を合わせた時のような、嫌悪されているという雰囲気は感じない。

ただ強気な物言いとは裏腹に、酷く緊張しているのが見て取れた。

「あのさ……アーヴィン、そんな……無理しなくても」

「うるさい！　この私があなたのものになってあげるって言ってるんだから、あなたは素直に感謝感激して私を抱けばいいのっ！」

(……なんでこうなった？)

俺は、数時間前の出来事を振り返る。

報われる時が遂に来た——女王陛下が、そう口にした後のことである。


女王陛下の一言に、アーヴィンは戸惑いながら首を傾げた。

「お、お母さま、それはどういう……」

「あなたが炎の精霊王と接触できる方法がある……つまりそういうことです」

女王陛下が事もなげに口にしたその一言に、彼女は思わず息を呑む。

いや、アーヴィンだけではない。俺もだ。

(どういうことだ？　アーヴィンの精霊力をこれから一気に十倍にも引き上げる方法が存在するってことなのか？)

「アーヴィン、あなた……オズマさまに抱いていただきなさい！」

女王陛下がそう口にすると、アーヴィンはバンッ！　とテーブルを叩いて立ち上がった。

「お母さま！　こんな時にまたそんなことを！　それより炎の精霊王と接触する方法を……」

だが、女王陛下は顔色一つ変えもせず、静かにこう告げる。

「だから、嫁ぎなさいと言っているのです！　それこそ、あなたが炎の精霊王に接触する唯一の方法なのですから」

「は？」

テーブルに両手をついたまま、アーヴィンは片眉を跳ね上げて、首を傾げた。

困惑に満ちた空気が部屋を満たす。その空気の発生源は、もちろん俺とアーヴィンである。

女王陛下はちらりと俺に目を向けて、それから娘を見据え、あらためて口を開いた。

「オズマさまには転生の際、三つの子作りスキルが与えられているのは、あなたも存じておりますわよね。そう、巨根、絶倫、淫紋付与の三つです」

「はい、でも……それが今、何の関係が……」

「巨根と絶倫については説明の必要はないでしょう。残りの一つ、淫紋付与は、オズマさまが望めば即座に発情する淫紋を、女の下腹部に刻み込む能力です」

無意識なのだろう。アーヴィンは、シャーリーのほうをちらりと盗み見る。

「シャーリーには、淫紋は付与されていませんよ。付与するかどうかも、オズマさまの御望み一つですから」

（そんなの俺も初耳なんだけど……）

困惑する俺に、アーヴィンが軽蔑するような視線を投げかけながら吐き捨てた。

「この……変態」

（ちょっと待って!?　俺、何にも悪くないと思うんだけど！）

そんな俺とアーヴィンの様子に苦笑しながら、女王はこう告げた。

「実は、淫紋にはもう一つの特殊な効果があるのです。淫紋を通して、オズマさまの精霊力を借用できるという効果が……」

「なっ!?」

アーヴィンは、目を丸くして硬直する。

「淫紋による発情状態に陥ると、オズマさまと精霊力の『経路《パス》』が、完全に繋がった状態になります。その時に限り、オズマさまの精霊力を自分の精霊力同然に引き出すことができるのです。もちろん、オズマさまがそれを許せばの話ですけれど……」

（なるほど……俺の精霊力を使えば、五〇〇〇まで手が届くことは実証済みだし、それなら

アーヴィンの精霊力にかかわらず精霊王に接触し、固有魔法を手に入れることができる）
裏技というかズルというか、若干卑怯なやり方のようにも思えるが、そんなことができると
いうのなら、現時点ではそれが唯一の方法と言ってもいいだろう。
だが――。
（問題は固有魔法を手に入れた後の話だな。固有魔法を手に入れても、それがアーヴィンの精
霊力で扱えるかどうかだ）
印象としては俺でも固有魔法『火葬《クリメーション》』は、一回使えば昏倒しかねないレベル。
要は一回で、二五〇〇程度の精霊力を消費すると思えばいい。
折角固有魔法を手に入れても、アーヴィンが使用できなければ何の意味もない。
俺がそんなことを考えていると、アーヴィンがギロリと俺を睨みつけた。
（睨まれても困るんだけど……っていうか、女王陛下。俺の意思は無視ですか？　姫殿下たち
については、本人が希望もしないのに抱いたりしないって言いましたよね、俺……）
そもそも、俺には既にシャーリーという最愛の妻がいるのだ。
もっとも、シャーリーからは二人目、三人目と望むままに娶っていいと言われてはいるが、
流石に目の前でそんな話になったら嫉妬ぐらいは――。
――と思ったが、シャーリーは、どこかワクワクするような顔つきをして、なりゆきを見
守っていた。
（いいのかよ……）

「アーヴィン……母はあなたに強制するつもりはありません。ですが、可愛い娘が味噌っかす呼ばわりされていることに心を痛めていることは、わかってくれますね」

「…………はい、お母さま」

唇を噛み締めるアーヴィン。そして、女王陛下は最後にこう告げた。

「今すぐとは申しません。よく考えて、あなた自身が最善だと思ったとおりになさい」

そして数時間後、アーヴィンは俺の部屋を訪れて、いきなり制服を脱ぎ棄て、今に到るというわけである。

彼女なりに考えて俺に抱かれると、そういう結論を出したのだろうが、それでも彼女の望まないことには違いない。

「あのさ、アーヴィン……俺も協力するから、何かもっと別の方法を探さないか？」

「何か当てがあるの？」

アーヴィンは身を起こし、ベッドの上で膝を抱える。

「いや、今はないけど……研究を進めていけば、きっとなにか……」

「何も見つからなかったら？」

「それは……」

正直、他に方法が見つかる可能性は低いと言わざるを得ない。

俺のこの身体に宿った精霊力が異常なだけで、優秀といわれる学生ですら、精霊力は一〇〇〇に届かないのがこの世界の普通なのだ。

アーヴィンの精霊力を、今から十倍に引き上げる術など想像もできなかった。

「気休めは、逆に残酷だよ」

「でも、俺にとってアーヴィンは大切なバディで……お前の嫌がることなんか……」

俺が口籠もると、アーヴィンはクスッと湿っぽい笑いを零した。

「私ね……あなたに、オズマに嫌われれば、自由になれるってそう思ってたのよ」

「自由？」

「そ、自由。王家の子女は精霊王と契って子を孕む。高祖以来そうやって王家は続いてきたんだけど、オズマが転生してくる今代だけは、その軛《くびき》が解かれるの」

「ああ、それは知ってる」

「だから……あなたに嫌われれば、お母さまも仕方ないって諦めてくれるだろうって。そしたら、どこかで恋物語みたいな素敵な恋をして、愛する人と手を取り合って、幸せに生きていけるかもしれないって……そう思ってたのよね」

「……そうか」

「うん」

夢見がちな少女の発想。そう切り捨ててしまうこともできるだろう。素敵な恋をしたからといって、それは幸せに生きていけることとイコールとは限らない。

だが、恋をすることぐらい。誰にだって許されるべきだとも思う。

それがたとえ、一国の姫であったとしてもだ。

俺の脳裏に、前世で救えなかった、エドヴァルド王国の姫殿下の姿が過った。

「でも、結局こうなっちゃった。私……あなたに娶られる運命なんだって。でも、運命に負けるって、なんだか……そんなの悔しいじゃない」

「ああ、だから……何か別の方法を……」

俺が身を乗り出すと、彼女はふるふると首を振った。

「でも、お母さまの期待を裏切りたくない。私を見下してきた連中を見返してやりたい。姉さんに追いつきたい」

そして彼女は、俺の目を見据える。

「でも、私、我儘《わまま》なのよ」

(うん、それはよく知ってる)

とは思ったが、口に出せば、きっとぶん殴られるに違いないので呑み込んだ。

「やっぱり素敵な恋もしてみたい。だから、私を大切なバディだって言ってくれるなら、約束して！」

「約束？」

「そう約束。ここから何年かかってもいいわ。私が夢中になるぐらい素敵な恋をさせなさい……あなたと」

揺るぎない瞳で俺を見つめてくるアーヴィン。

流石に、茶化すような真似はするべきではないだろう。

とはいえ、素敵な恋といわれても、そもそも俺は前世でも何の恋愛経験もない人間なのだ。何をどうしていいかなんて、わかるわけもない。

（ハードル高すぎるだろ……）

だが、女王陛下との会談後数時間の間に、彼女の中でそこが落としどころになったということらしかった。

（俺にも……努力しろってことなんだろうな）

魔法の研究よりももっと難易度の高そうな課題を突きつけられて、俺としては腰が引けそうになる。

だが、アーヴィンは俺にとって大事なバディだ。だから、彼女を悲しませるようなことはしたくない。期待を裏切るようなことはしたくないのだ。

俺は精一杯の格好をつけて彼女の手をとり、その甲に口づける。そして、真っ直ぐに彼女を見つめてこう言った。

「姫殿下の御心のままに」

寝室の広いベッドに、下着姿のアーヴィンが横たわっていた。

どこか強張った表情、鼻先から頬を朱に染めて口元を引き結び、親の仇を見るような目でじっと壁のほうを見つめている。

俺がベッドに乗ると、そのたおやかな肢体に緊張感が走るのが見て取れた。

よく見れば、わずかに指先が震えている。

「あの……」

「は、早くしなさいよ！　時間をかけて、わ、私を怖がらせようとか思ってんなら、お、お生《あい》憎《にく》さま！　あ、あなたなんかちっとも怖くないんだから！」

言葉は強いが声はどこか弱々しい。彼女は彼女なりに覚悟を決めているのだ。それを俺が無碍にするわけにはいかない。

戸惑いをかなぐり捨てて、俺は彼女の上に覆い被さり、可愛らしい顔の左右、ベッドに手をついて、濡れた黒い瞳を見据える。

「できるだけ優しくするから、怖がらなくてもいい」

「だ、誰が、あなたを怖がったりなんか……んんっ!?」

彼女が声を上げかけたその瞬間、俺は唇を奪った。

多少強引でも良いだろう。そのほうが、俺に無理やりされたと、彼女も自分に言いわけできるはずだ。

「んっ、んんっ……んんっ……んぁ……ちゅっ、ちゅくっ、れろっ……んぁ……」

強引に唇を割って舌を差し入れ、彼女の舌に絡める。

たかがキスといえど、シャーリーとは異なった感触。戸惑いがちで怯えるような舌の動きが、とても新鮮に思えた。

鈍感な俺だって、もうわかっている。彼女は、とても臆病なのだ。

あの、人を寄せつけないような態度は、自分の身を守るための鎧のようなもの。だから、慌てることなく、「怖くないよ」と示してやる必要がある。

「ちゅっ……れろっ、はぁ、へろっ、れろっ……んちゅ、んんっ、んぁ……はぁ、はぁ、はぁ……」

長い長い口づけの果てに唇を離すと彼女は頬を上気させて、蕩《とろ》けたような目で俺を見上げた。

こうして至近距離で見ると、睫毛はびっくりするほど長く、肌のきめ細かさも半端ない。改めて、彼女の美少女ぶりに圧倒される。

「アーヴィン……」

その呼びかけに、彼女はピクンと身体を震わせた。

彼女はわずかに目を伏せると、消え入りそうな声で囁《ささや》く。

「……優しくしてほしい」

その瞬間、背筋に電流が走ったような気がした。

こうもしおらしい態度を取られると、普段のギャップも効いてその美貌が、より可愛く美しく見えてくる。

流石は一国の姫というべきだろうか。対抗戦で彼女が舞台に姿を見せた時の観客席のざわめきが思い起こされた。

誰もが憧れてやまないこの美少女を好きにしてよいのだと思うと、胸の鼓動が加速度的に速まっていく。

「アーヴィンっ！」

俺は昂りのままに、再び彼女に口づける。先程よりももっと激しく。

頭をグッと押し込み、唇をさらに深く密着させた。目を閉じることなどできやしない。可愛い彼女を、こうしてずっと見ていたい。

「んっ……んぁんっ……んんっ、ぁ、ちゅるっ、ちゅぅ、ちゅっ、ん、んちゅっ……」

一方、アーヴィンは、その長い睫毛を伏せている。

強く唇を密着させると、眉間にわずかに皺《しわ》が寄った。だが、嫌がっているという雰囲気ではない。

俺は、おもむろに下着の上から彼女の胸に触れた。

「はぁん……」

細い身体がビクンと跳ねる。慎ましい胸は掌サイズ。なだらかな丘陵を掌全体で丸めるように揉み込んでやると、彼女が顎を逸らして唇が離れた。

キスは解けてしまったが、俺はそのまま右手を好きに動かし続ける。

青い果実とでも表現すればいいのか、慎ましやかな胸はシャーリーよりも硬さがあって、鷲摑みにするには肉が足りない。

だが、その未成熟な佇まいは、禁忌に触れるかのような背徳的な興奮をもたらした。

「ぁ……ぁあっ、やんっ……はぁ……」

　下着越しに、小振りな突起が硬さを増していく。丸めるような手つきで転がしてやると、彼女の反応が大きくなった。

「あっ、あっ、あっ、あぁっ！　そこ、ビリって……くぅっ……ぁ……」

　そんな彼女の反応が、俺の欲情を更に煽る。

　俺はシャーリーの他に女を知らないが、アーヴィンは彼女以上に敏感なように思えた。

　胸の肉が薄いと、感度も高かったりするものなのだろうか。

「んぁ、ぁ、あっ、ぁ、ぁぁ……ふぁ……あぁ……」

　彼女は俺の手のわずかな動きに身を震わせて、鼻にかかったやけに可愛らしい喘ぎ声を漏らし続けていた。

(あのアーヴィンが……こんなに可愛いなんて)

　普段の塩対応を思い起こせば、益々興奮させられる。こうなると、もっともっと可愛い声で泣かせてみたくなる。

「アーヴィン……ぬ、脱がせるよ」

　興奮に上擦りまくった声でそう告げると、彼女が潤みきった瞳で上目遣いに俺の顔を見上げる。

「……す、好きにすればいいじゃない」

　恥ずかしそうにプイッと横を向く、そのいかにも強がった感じが、俺の男心を雷撃魔法のように打ち抜いた。

（ヤ、ヤバい……こいつ、何でこんな可愛いんだよ。いや、俺が惚れっぽいのか？）

考えてみれば、本来の俺とでは父娘ほども歳の離れた女の子である。背徳的、そう思えば興奮は限界を突破した。

「アーヴィン！」

「あ、やぁん……」

俺は鼻息も荒く、彼女の下着を押し上げる。

未成熟な微かな膨らみの上に、薄桃色に色づいた蕾。横になっていても崩れようのない慎ましやかな乳房が姿を現す。

単純なサイズ比較なら、シャーリーやフレデリカ姫とは比べるべくもない大惨敗。

しかし、雪のように真っ白できめ細かな肌や、鮮やかな桜色をした頂点の突起や、その周りを縁どる乳輪の形。

彼女の胸は、このサイズで完璧なのだと……そう思った。それほどに美しく思えた。

「どうしたの、いきなり固まって……」

不思議そうに尋ねてくるアーヴィンの声で、俺はハッと我に返る。

「ご、ごめん……その、綺麗だなって」

「……ばか」

恥ずかしそうにそっぽを向くアーヴィンがまた可愛い。彼女は俺の心拍数を上げて、殺そうとしているんじゃないかとすら思った。

膨らみは皿を裏返した程度。それでいて薄桃色の頂点は硬くしこっている。

「あぁん……」

指先で乳首をクリッとくじると、小さな唇から鼻にかかった可愛らしい喘ぎ声が漏れた。

そんな声を聞かされて平然となどしていられない。

両手で肉を寄せ集めるようにバストを握ると、俺はそのまま夢中で揉みしだいた。

「あっ、そんな……んはぁっ！　い、いきなり直に、んくぅぅっ⁉」

そして、欲望のままに乳房の頂点にむしゃぶりつくと、彼女は再び大きく背を仰け反らせる。

「ひぁっ！　あぁっ！　ああああっ！　やぁん、あぁ、あぁ！」

堅い突起を舌先で包み込むように舐めまわせば、彼女は白くしなやかな身体を跳ねさせながら、激しく身悶えた。

(やっぱりアーヴィンって凄く敏感なんだ。むちゃくちゃ感じてる！　こんなに乳首ガチガチなんだ、錯覚じゃない)

舌先で感じる突起。その反発の強さに、思わず舌の動きが激しくなる。

「やぁん、な、なんでこんなに、む、胸……あぁん。そんなに舐めちゃヤだぁ……へ、変なのぉ……」

鼻にかかった可愛い喘ぎ声に、戸惑いの響きを滲ませるアーヴィン。だが、もはや俺にやめるという選択肢は残されていない。

俺は桜色の乳首をレロレロと執拗に舐め続けながら手を伸ばし、彼女のショーツに指をかける。

「やぁん……脱がさないでぇ……は、恥ずかしいからぁ」

「ダメだ」

目尻に涙を浮かべて抵抗する彼女、だがもう容赦はできない。

にべもなく首を横に振ると、彼女は覚悟を決めたかのように、それまですり合わせていた腿の力を抜き、ショーツを抜き取りやすいように少し尻を持ち上げた。

「わ……私……オズのものにされちゃうのね……」

「ああ、そうだ」

オズマではなくオズ。伝説の大英雄ではなく、彼女は同級生との恋愛を望んでいるのだ。

だとすれば、俺は全力でそれに応えてやりたい。

「アーヴィン……愛してる。嘘じゃない。一緒にいる内に、お前から目を離せなくなっていた」

「……本当に？」

「ああ、一人の男としてお前に惹かれている。あらためてお願いするよ。俺の妻になってくれないか？」

そう告げると、彼女は少し驚いたような顔をした後、恥ずかしげに目を伏せて本当に小さく頷いた。

第九章　愛の証し

「俺の妻になってくれないか？」

彼のその一言で、張り裂けそうなくらい激しく胸が高鳴った。

（オズったら……私の裸を見て、すごく興奮してる）

頬に当たる荒い吐息、愛欲に満ちた熱い視線が私の肌を貫いている。いやらしい——とは思わなかった。こんなにも私を求めてくれているのだと、ただただ嬉しかった。

（……こうなる運命だったんだよね）

そう思えば、あれほど拒絶したことすら、彼と結ばれるためのプロセスだったのではないかとさえ思えてくる。

ロマンティックな燃え上がるような恋がしたい。そう思ってはいたけれど、今となってはこれ以上の恋など想像もできそうになかった。

試しに、明日以降の生活に思いを巡らせてみる。

アカデミーの皆には、彼が伝説の大英雄オズマであることを知られるわけにはいかない。もちろん、私が彼の妻になったことも言うわけにはいかない。

人目を気にして素っ気ない態度の昼、二人っきりで思う存分甘える夜。秘密の恋愛だ。

そう思うと、胸の奥がキュンキュンと切なく疼くような気がした。

「私を……好きにして……いいから」

思いきってそう口にしてみたものの、流石に恥ずかしくなって、私は顔を背ける。

すると、彼が「アーヴィン……」と耳もとで名を囁いて、ギュッと身体を抱きしめた。

「震えてる、怖い？」

「怖くなんて……」

震え声で言いわけをしても説得力はない。

「大丈夫。俺に任せて……力を抜いて」

私は「うん」と小さく頷いて、彼に身を預ける。

強張った背筋から力が抜けたのを確認した彼が、そっと股間に手を滑りこませてきた。

「……そこは、あぁんっ！」

彼の指先が恥ずかしい場所をなぞって、私の全身に甘い衝撃が走る。

そこは、内側から滲み出た分泌液で、自分でもわかるほどにひたひたに濡れそぼっていた。

「やっ……あっ、は、恥ずかし……い。んああぁぁ……ああ」

彼は縦筋にこすりつけるように、グニグニと指を動かし始める。

感触は生々しい。指先が紡ぎ出す刺激に、喉の奥から無理やりはしたない声を引っ張り出されるような気がした。

そうして、しばらく表面を嬲《なぶ》った後、彼は襞の間に指を滑りこませ、グリグリと内側を掻き回し始める。

「あはあぁっ！　それっ……すごっ……ひっ⁉」

想像していた以上の快感が全身を駆けめぐり、私は激しく身悶える。意思とは関係なく、ビクンビクンと身が跳ねた。

（な、な、な……なにこれ⁉　な、なんでこんなに、き、気持ちいいの……）

自分でも触れたことのない場所を触れられている。どういうわけか、それが気持ちいい。声を我慢できないほどに、身を捩らずにはいられないほどに気持ちがいい。

誰に触られてもそうなるのだとは、思いたくなかった。

愛されているからこんなに気持ちいいのだと、そう信じたかった。

「ひいっ！　はあぁんっ！　ああっ……オズぅ……んくううっ、いいっ！　うううぅぅぅん！」

彼の指が動くたびに、グチュグチュという淫らな水音が響いてくる。恥ずかしい。だが、私はどうすることもできずに、ただただ快感の嵐に翻弄されていた。

合わせた胸が熱い。耳元で囁きながら、オズが首筋に舌を這わせる。

「……アーヴィン、すごく可愛い」

「んぁっ……やぁん……あ、あ、あっ、あっ……」

もうわけがわからなくなっていた。

彼は首筋にねっとりと舌を這わせながら胸を揉みしだき、股間を弄る。

「あはあぁん！　私……あんっ、あんんっ、すごいぃぃ！　んふううっ、こんなのって……

こんなのってぇ！」

首筋と胸と股間、三か所からもたらされる快感に、次第に頭のなかが真っ白になっていく。

表情筋が弛んでいくのが自分でもわかる。

（ダメよ、こんなの……）

王族にあるまじき表情、そんなだらしない顔、オズには見せられない。

私は激しく頭を振り、彼の手を振りほどこうと、必死に身を捩《よじ》った。

だがそんな態度に、かえって悪戯心《いたずらごころ》を刺激されたのか、彼は体重をかけて私の身体を押さえつけ、胸と股間を責める指の動きを更に速めた。

「ひぅん!?　あ、あ、あ、やぁっ、あ、あ、あっ、ダ、ダメ、そ、そんなっ、あ、あ、あっ……」

額から滲み出た汗が滴り落ちて、シーツに染みを描く。もはや、身体中が蕩けてしまっている。

源泉からは快感の果汁が溢れだして、雫が腿を伝う感触に、私はビクッと身を震わせた。

「愛してるよ」

耳元でそう囁かれるたびに、激しく胸が高鳴る。

私も愛してる。そう答えたいのに、口から溢れ出るのは言葉にもならない母音の羅列が精一杯。

彼は、とどめとばかりに片手で私の乳首をキュッときつく摘み上げた。同時に、最も敏感な陰核の皮を捲るように、指の腹で擦り始める。

「あひいいぃぃ！　あっ、あああああんっ！　そこっ！　ダメ、ダメぇ！　私、もう……私、イッちゃうっ！　ああああああああぁぁぁぁん！」

途端に極彩色の光が目の前で弾けた。あまりにも鮮烈な刺激に、神経が焼き切れてしまったんじゃないかとすら思った。

目の前が真っ白になって、身体中の不随意筋がビクビクビクッと小刻みに痙攣し、顎にツーと涎の垂れ落ちる感触がある。

「あ……はあああぁぁぁ……」

弓なりに反った背、強張った身体から力が抜けると、愛おしそうに見つめてくるオズと目が合った。

「アーヴィン、イッちゃった？」

「はぁ、はぁ……うん、わからない……けど、私……」

蕩けた頭でぼんやりとそう答えかけたところで、ハタと気づく。

「いやぁ！　見ないで、こんな顔見ちゃやぁ……」

たぶん今、私はとんでもなくだらしない顔をしている。慌てて手で顔を覆おうとすると、オズはその手を掴んで微笑んだ。

「どうして？　アーヴィンの感じてる顔、すっごく可愛いよ。できればずっと見ていたいぐらいだ」

「そう……なの？」

「ああ、嘘じゃない」

「……あ、あのね。すごく恥ずかしいのに……でも、とっても気持ちよくて……うぅっ……なんだか、変な感じなの。こんなの、初めてで……」

恥ずかしさで顔が熱い。思わず目を逸らした途端、いきなりオズの唇が私の唇に重なった。

そして、驚きのあまり身を強張《こわば》らせているうちに、彼の舌が口内に入りこんでくる。

「んっ、んんんんっ……んむぅ……んふっ、ふむむぅぅ……んむ、んむ……れろ、れろっ……」

舌が入ってきた瞬間、私は思わず目を丸くした。

でも、私も自然に舌を動かして応じてしまう。

粘ついた音を立てて絡み合う舌、触れ合った場所からピリピリとした快感が走り抜けて、唇同士が重なったところから溢れた唾液が顎へと滴り落ちた。

そして私は、いつしか彼の首に強く抱きつきながら、自ら積極的に舌を絡めていた。

（キス……気持ちいい。私、なんだか変。なんでこんなに……もっと、もっと気持ちよくなりたいって……）

胸の奥から溢れ出てくる幸福感。やがて息苦しさを感じはじめた頃、オズはようやく唇を解放してくれた。

「んはっ……はぁ……はぁ……」

息を切らしながら、あらためて彼を見上げる。頭の芯がジンジンと痺れている。きっと今、私はいやらしい表情をしている。彼はそんな私の手をとって、自らの股間へと導いた。

「あぁ……すごい……」

知識としては知っていた。アルルが見せてくれた春本に絵が載っていたからだ。だが勃起した本物を見るのはもちろん初めてだし、ましてや触れたことなどあるわけがない。

彼に握らされたち○ちんは硬いのに柔らかい、今まで経験したことのない感触だった。

火傷しそうなほどに熱くてドクドクと息づいている。でも、怖さは感じなかった。むしろ愛おしささえ覚えていた。

(これがち○ちんなのね……すごく硬くて、熱くて、ビクビクしてる。これが、私の中に入ってくるなんて……)

そう思った途端、ビクンとお腹の奥で何かが大きく跳ねた。

お腹の奥に感じる疼き。それが次第に大きくなって、私は知らず知らずのうちに手を動かして、ち○ちんを扱き始めていた。

「うっ……アーヴィン……」

オズが眉根を寄せて、呻くように訴えてくる。

「……気持ちいいの？」

問いかけながらも、私の視線はち○ちんに釘づけ。手を動かす度に、わずかに開く先端の裂け目から目が離せなくなっていた。

「う、うん。そんなふうにされたら……」

「こ、この先っぽから、赤ちゃんの素が……出るんだよね」

語尾が上擦る。次第に呼吸が荒くなってしまう。私は知らず知らずの内に、頭の中でこのち○ちんから子種が溢れ出す瞬間を想像していた。

男性の仕組みについて考えを巡らせたことは、一度ならずある。

男の人が私の中に入り込んで、二人が溶け合って新しい命が出来上がる。

そんな想像をするたびにドキドキして、鼓動が収まるまで枕に顔を埋めてやり過ごしたものだ。

（ほ……本物のち○ちん……ち○ちん……なのね）

あらためて意識すると身体が、熱い湯船に浸かった後のように熱を持って、はしたなく疼き始めた。

（これ……ち○ちん、アソコに入れたら……気持ちいいんだよね？　指だけでもあんなに気持ちいいんだもん……こんなの入れたら……）

ゴクリと喉が鳴る。

私はち○ちんから視線を外して、彼の顔を見あげた。

「オズ……私、なんだか変なの。一度もしたことなんてないのに、なんだかこれが……ち○ちんが欲しくてたまらないの」

ドクンドクンと手の中で脈打つ逞しいち○ちん。その熱さに当てられたかのように、お腹の奥が狂おしく疼いている。

オズと……愛しい旦那さまと一つになりたいのだと、子宮が激しく訴えていた。

「俺も、アーヴィンが欲しい……」

彼が、真剣な表情でそんな私を見つめてくる。

彼の黒い瞳に映る私の表情は、切羽詰まったような必死さを湛えながら、どこか嬉しそうに見えた。

「いいよ……して。オズのこれで私を貫いて。私の初めて……オズにあげるから」

「ああ……おまえを丸ごと全部もらう」

私はち○ちんから手を離し、目を伏せてその瞬間を待ち受ける。

彼はゆっくりと身を起こすと、そっとち○ちんの先端を、淫らに息づく私のクレバスへと宛てがった。

「ひっ!?」

その瞬間、ビリッと電流が走ったような気がして、私はビクンと身を跳ねさせる。

喉の奥から弾け出た甲高い声に自分で驚いて、私は思わず口元を押さえた。

(ふ、触れただけなのに、こ、こんなに……)

ビックリした。たぶん一度、絶頂に達したせいで、身体が敏感になってしまっているのだろう。

「アーヴィン……俺を信じて。力を抜いて」

オズが幼い子供を眺めるような優しい目をして私を見下ろし、手を伸ばして頬を撫でる。くすぐったくてあたたかな優しい指先。

私は大きく息を吐きながら、強張った身体から力を抜いた。

怖くないと言ったら嘘になるけれど、それでも私は彼と愛し合いたい。一つになりたいのだ。

「じゃあ、いくよ」

「うん」

小さく頷くと、オズが腰に力を入れて、ゆっくりと私の中へと侵入し始めた。

「う……んんっ、くっ……」

肉襞をかき分けるような異物感。続いて、ミシミシと身体が軋む。さっき手で握った時よりも、ち〇ちんがずっと大きなモノのように思えた。

(う、うそ……お、大きいっ、こ、こんなのむ、むりっ……)

強引に入り込んでくる野太い杭に身を引き裂かれる恐怖。あまりの恐ろしさに私は身を捩って、ほぼ無意識にオズの身体を跳ねのけようとする。だが、彼の身体はビクともせず、侵入は少しも止まらない。

(お、男の人の力って、こんなに強いの!?)

女より男のほうが力は強い。そんなことぐらいもちろんわかっている。そのつもりだった。

だが、こんなに差のあるものだとは思っていなかったのだ。

征服される。蹂躙《じゅうりん》される。力ずくで女にされる。そう思うと得体の知れない快感が、ゾクゾクと背筋を駆け上がってくる。

やがて――

「うっ……あああぁぁぁぁぁっ！」

破瓜《はか》の瞬間、私はなりふり構うこともできず、盛大に悲鳴を上げた。

「くぅっ……む、む、無理っ！　い、痛いっ！　わ、私、裂けちゃう！」

「ごめん……もう少しだけ我慢して」

抵抗をものともせず、オズが更に奥へと入り込んでくる。やがて、彼の股間と私の股間が隙間なくぴっちりと合わさって、侵入がようやく終わった。

「ううう……はぁ、はぁ、はぁ……」

ジンジンと熱をもって疼く。腫れあがっているかのような疼痛。股間からもたらされる熱さと痛みのせいで呼吸が乱れ、私の目からは自然に涙が溢れ出た。

「痛いか？」

心配そうに、オズが聞いてくる。

「痛いわよ、バカ……信じろって言ったのに、無茶苦茶痛いじゃない」

一応、ジゼルから初めては痛いものだと聞いていた。

どれだけ上手くやろうと痛いものは痛いのだと。

今もジンジンと疼いているが、破瓜の痛みとは違って鈍い痛み。我慢できないほどではない。

「じゃあ……痛みが和らぐように」

そう言って、彼は腰を動かさずに、手を伸ばして私の股間を弄り始める。

「んっ……やぁん、んあっ、あっ、ああっ、そこはぁ……ああんっ」

逞しいモノを咥え込んで広がった私のアソコ。その周囲を彼の指先が愛おしげに這いまわる。

痛みの中に快感が入り交じって、堪らずはしたない喘ぎ声が溢れ出た。

「んはあ……くううっ……あんっ、はああんっ！　ああっ、ヤダッ……私、なんだか……あはあぁぁ……あひゃあああんっ！」

くすぐったいような、気持ちいいような、そんな淡い刺激に身を捩っていると彼は突然、クリトリスを指先で押し潰す。

一番敏感な場所を不意打ちされて、私は素っ頓狂な悲鳴を上げてしまった。

「あっ、あっ……だ、ダメ、そこっ……そんな、あんっ……いじったらぁ……きゃはああんっ！」

敏感な蕾《つぼみ》を念入りにクリクリと弄ばれて、私の声は自然に甲高いものへと変わっていく。

「あっ、ああっ、……はうぅっ！　あんっ……ああんっ、もう、もう許してぇ！」

私は、とうとう懇願した。許しを乞うた。このままクリトリスをいじりまわされたら、本当におかしくなってしまいそうな気がする。

だが、彼には責め手を弛めるつもりはないらしい。

「気持ちよくない？」

オズは、指先で円を描くように陰核をなぞりながら、そう問いかけてきた。

「き……気持ちいいけど……」

羞恥心に身を焦がしながら、私はそう答える。声が上擦った。恥ずかしさと興奮が入り交じり、胸の奥で心臓が激しく脈を打つ。

「けど……なに？」

「その……イ、イっちゃうから……」

恥ずかしさに目を逸らすと、どこか意地の悪い口調で彼がこう囁く。

「いじってるだけでイっちゃうんだ？　じゃあ、こっちは動かさなくていいのかな？」

そして、彼はわずかに腰を揺すった。

「はうううぅぅんっ！」

途端に、ち○ちんの先端が私の一番奥、子宮口に当たって、背筋を衝撃的な快感が駆け抜ける。

身体が強張って、目の前が眩しい光を目にした時のように真っ白になった。

どうやら今の一撃だけで、軽くイってしまったらしい。

「……もう、大丈夫そうだね」

オズが、耳元でそう囁いた。

もちろん、痛みがなくなったわけではない。でもそれ以上に、今のような快感が欲しくて堪らなかった。

身体の奥で蠢《うごめ》いていた情欲の炎は、子宮口への一撃で最高潮に燃え盛り、お腹の奥が我慢しきれないくらいに疼いている。

「……オズの好きにして」

「うん、いっぱいイカせてあげるから」

彼は、身を起こすと両手で私の括《くび》れを掴んで、ゆっくりと腰を動かし始めた。

ズリッズリッと胎内を擦り上げられる度に、目の前に極彩色の光が飛び散る。

クリトリスで感じた快感とはまた異なる快感。大きな波に翻弄されるかのような感覚を覚えた。

「あっ、はうっ……うぅぅぅんっ！　すごっ……熱いの、んくううっ、私のなかで動いてるぅぅ……」

気がつけば、なりふり構わず歓喜の声を上げていた。

痛みはあるが、快感に塗りつぶされて少しも気にならない。

今までに感じたことのないような心地よさが、私の身体の内側を貫いていた。

私が痛がっていないことがわかったのだろう。

最初は緩やかだったオズの動きが、少しずつ大きく、そして激しくなっていく。

「あううううっ！　ああんっ、あんっ、あんっ！　ひゃううぅんっ、いいっ！　はううっ、私、初めてなのにぃ……うううっ、すごく気持ちいいよぉ……」

力強く突き上げられる衝撃。その性急さが愛おしい。求められている、そんな気がする。

本能まかせの荒々しいピストン。そこに彼の逞しさを感じて、胸がキュンと締めつけられるような気がした。

（ああ、私の旦那さま、愛しい旦那さま、素敵な旦那さま……）

物語に登場したヒロインたちも、こんな気持ちだったのだろうか。これが恋なのだ。あれほどに焦がれた燃えるような恋愛。私はその最中にいるのだ。

そう思うと胸の中が、幸福感で一杯になった。

「あぁっ、あああっ！　オズ！　ああっ、好き！　大好きぃ！」

気がつけば口から、そんな言葉が自然に溢れ出している。

「俺も、お前が好きだ！　愛してる！　アーヴィン！　アーヴィンっ！」

激しく私を突き上げながら、彼も叫んだ。

もっともっと愛したい。もっともっと愛されたい。

欲望には底がなかった。彼の荒れた息遣い、切羽詰まった声を聞いているだけで、私も天井知らずに昂揚して、どこかに飛んでいってしまいそうな気がした。

（ああ……まだイきたくない！　もっと愛し合いたいのにっ！　クるっ！　さっきよりすごいの、来ちゃうよぉ！）

必死に抗えど、脳裏に押し寄せる快感の波。水平線の向こうに押し寄せてくる津波が見える。もう限界は近い。

「ううっ、アーヴィン！　俺……俺、もう射精《で》る……」

彼が苦しそうに息を荒げながら、ピストン運動を速めた。

ならば一緒に達したい。私は声を限りに叫んだ。

「ああっ、射精《だ》して！　オズの子種で、ああんっ、私の胎内《なか》をいっぱいにしてぇぇぇ！」

その瞬間、身体の一番奥で彼の肉棒が勢いよく爆ぜる。子宮口を打ちつける熱い奔流、お腹の中を熱が広がっていく。

「ああああああぁぁぁぁぁぁぁぁっ！」

同時に、頭が真っ白になって、自分が何者かさえわからなくなるような猛烈な絶頂感が、私の足先から脳天までを貫いた。

彼の首に回した手に力がこもる。身体が強張ってガクガクと震え、つま先がピンと突っ張る。

それから間もなく、一気に全身から力が抜けていった。

お腹の奥でち○ちんが、ビクンビクンと脈動している。

その感触が愛おしい。

オズが今、私の中にいるのだと思うと、満たされたような気持ちになった。

(ああ、すごい……あそこが、本当に熱いのがいっぱい……でも、身体がフワフワしてすごくいい気持ち)

「はぁ、はぁ、アーヴィン……」

「ふうぅ、はふぅ……オズ……ん、ちゅっ……」

二人は荒い息のままに口づけを交わし、微笑みあう。

「淫紋……できてるね」

そして、オズがそう言いながら私のお腹を撫でた。

おへその下、そこにハートを模《かたど》ったような、ピンクの紋章が浮き出ている。

「うん……オズが愛してくれた証し……なんだよね」

私が淫紋を指先でなぞりながらそう口にすると、彼は恥ずかしそうに目を逸らす。

私はそんな彼の頬を両手で挟むと、唇を尖らせた。

「そうだよとか、なんか言いなさいよぉ」

「あ、うん……その、何だか恥ずかしくなっちゃって……」

そして、私たちは額を合わせて笑い合った。

しばらくの間、互いの肌を弄り合いながら、啄《ついば》むようなキスを交わし、甘い時間を楽しむ。

他愛の無い睦言に幸せを噛み締め、私は下腹部に浮かび上がった愛の印を手で触れた。

「これでもう、精霊王に接触できるのかしら」

「うーん……対抗戦で消耗した精霊力をちゃんと回復させてからにしたほうがいいだろうな」

「……そうよね」

「でも……どんな感じになるのかは興味ある」

そう言って、彼が私の下腹部に浮かび上がった淫紋をなぞる。ハートを描くように動く指先、その先端から軽く精霊力を流し込まれた途端、ドクンとひと際大きく心臓が脈打った。

「んぁっ！」

ビクビクビクと身が跳ねて、お腹の奥が燃えるように熱くなる。呼吸が乱れて、涎が口の端から零れおちた。

（あぁ……欲しい）

私は熱っぽい目で愛しい旦那さまを見つめる。もはや体面など微塵も気にならない。頭の中が欲望で一杯になって、私はち○ちんを欲しさにはしたなく腰を揺すっておねだりをした。

「あ、あなたぁ……こ、これダメっ、こんなの我慢できない。おねがい、おねがいだから、抱いて！　私にち○ちん挿れて！　むちゃくちゃにして！」

気がつけば、私は震える手で彼のモノを握っていた。身体の震えが止まらない。まるで中毒患者だ。頭で考えるよりも先に口が動いて、挿入を懇願していた。

「挿《い》れてぇ……挿《い》れてよぉ……」

一国の姫としてのプライドなど、どこかに吹き飛んでしまった。この逞しいモノを挿れてもらうことに比べれば、何もかも塵芥にも等しい。

とにかく、彼とセックスすることしか考えられなくなっていた。

「なんというか、ヤバいな淫紋……効果覿面《てきめん》というか」

確かにヤバい。軽く精霊力を流されただけで、このどうしようもないほどの渇き。この狂おしい牝としての疼き。

（ああ……私、もうオズには絶対に逆らえなくなっちゃったんだ……）

どれだけ強がっても、この渇きには抗えない。もはや私は、ち○ちんを挿れてもらう為ならなんでもする、浅ましい牝奴隷に変えられてしまったのだ。

そう思うと胸の奥から狂おしいほどの悦びが湧き上がってくる。これも淫紋の効果なのだろうか？　彼のモノになったこと。征服されてしまったことが嬉しくてたまらない。

「可愛がってやる」

耳元で彼が囁けば、ゾクゾクゾクッと背筋を快感が這い上がってきた。止めどもなく淫蜜を垂れ流すこの肉体は、あまりにも敏感になっている。

「うぅ……オズぅ、焦らさないでぇ」

私は彼にお尻を向けて、誘うように左右に振る。早く早くとねだるように秘部を見せつけると、彼が乱暴に私の腰を掴んだ。

私は首だけで振り返って、逞しく反り返ったち○ちんをじっと見つめる。

もう何度も射精したというのに全く衰えない凄いち○ちん。相変わらず大きく張り詰めて太い血管がいきり立っている。赤黒い亀頭が禍々《まがまが》しい。

「あぁん……」

ぬかるんだ割れ目に亀頭の先端が触れると、ゾワゾワゾワッと肌が粟立った。

「焦らさないでぇ、はぁ、はぁ、挿れて、挿れてよぉ、ち○ちん、ち○ちんっ、ブスッて、私に、アナタの奥さんに突き刺してぇ……」

はしたないのはわかっている。だが溢れ出した情欲の前では、取り繕うことなんてできはしない。私は躊躇なく卑猥な単語を並べては、お尻を振って挿入をせがんだ。

「いくよ、アーヴィン」

「来て！　来てぇ！」

己の性欲を露わにするだけで、解放感にも似た愉悦を感じる。

「いっぱい感じさせてやる」

彼はそう告げるや否や、卑猥な蜜でドロドロに蕩けきった淫裂に、猛り狂った熱い肉棒を突き立てた。

「ひぃいいいいん！　ぁあっ！　これっ、これが欲しかったのぉ、逞しいち○ちん、すごい、すごい。ち○ちん気持ちいい！　ち○ちん気持ちいいっ！」

ぬかるむ膣粘膜を掻き分けて、奥の奥まで入り込んできた肉棒。膣内はかつてないほどの潤いに満ちて、挿入と同時に二人の淫らな肉の隙間から、押し出されるように大量の汁が吹き零れた。

私は待ち侘びていた衝撃に身を慄かせ、甲高い声を張り上げる。背を仰け反らせ、獣じみた嬌声を上げながら、胎内を圧迫する雄々しさにただ酔いしれた。

「アーヴィンの中……すごく気持ちいいよ」

そんな彼の一言で、気をやってしまいそうなほどの嬉しさがこみ上げてくる。オズが悦んでくれるなら、こんな淫らな自分でも好きだと思えた。

「わ、わたしもっ、わたしも気持ちいいよぉ……」

彼の妻になることをあんなに抗っていたのがバカらしく思える。そんな自分に呆れつつ、私は硬い男根の感触に喘ぎ、官能に身を強張らせた。

彼が腰を動かし始めれば、背後から突き入れられた凶悪な肉棒が、膣襞を容赦なく掻きむしり、奥を目掛けて突き刺さる。

「ああっ、あんっ、あんっ、あ、あ、あ、あ、あっ、あああっ！」

私は、背筋を反らして快感に震え、膣肉は貪欲に精をねだって、肉棒を締め上げた。

お尻を打ちつける彼の腰。パンパンと肉と肉とがぶつかり合う破裂音がリズミカルに響きわたる。忙しなく収縮する粘膜に肉棒が震え、その先端が当たる場所に、否が応にも子宮の存在を意識させられた。

「あぉっ⁉　ま、まだ大きくっ……んぃいっ、い、いっぱいだよぉ、ギチギチに広げられてっ、ぁ、あんっ！　おかしくなるっ、おかしくなっちゃうっ……」

頭の中がブヨブヨになったような気がする。蕩け切った意識のままに私は愛を叫ぶ。

「あぁっ、オズぅ……好きぃ、大好きぃ、もう離れられないよぉ」

「ああ、離すもんか！」

興奮に声を上擦らせて、彼は一層激しく腰を動かし始めた。

激しく胎内を擦り上げられるたびに膣襞が甘く痺れ、得も言われぬ快感が背筋を駆け抜ける。

「あんっ、あああっ、ぃいいい！　オズのモノにされちゃったっ！　旦那さまのモノにぃ……ぁ、ぁあああんっ！」

「ああそうだ、アーヴィン、お前は俺のモノだ！」

括れた腰をしっかりと摑んで、彼は力強い突き込みを繰り返した。時を追うごとに淫液は粘り気を増し、抽送のたびに卑猥な水音がぐちゅっ！　ぐちゅっ！　と響き渡る。

「ひぁっ、あぁっ、あ、あ、あ、あ、あ、あっ！」

強烈な快感に喘ぎ声が押さえられない。口を閉じる余裕もない。口内に溜まった唾液が溢れだして、唇の端から顎へと止めどもなく滴り落ちる。

だが、欲望にはやはり限りがなかった。私は彼の動きに合わせるように必死に腰を揺り動かして、更なる快感を求める。

「あぁああっ！　すごいっ！　すごぃいいい！　私っ……あぁ、いやらしくなっちゃうっ！　はしたないのにっ！　はずかしいいのにぃ、んぁっ、それでも止められないのぉおおっ！」

背後から彼が覆い被さってきて、私の顎に手をかけて振り向かせると情熱的に唇を重ねてくる。そして、どちらからともなく舐めしゃぶるようにして、激しく舌を絡ませ合った。

「んっ、んじゅっ、れろっ……はぁっ、おじゅっ、ちゅっ、しゅきぃ……」

混ざりあう唾液を互いの舌で攪拌《かくはん》し、それを奪い合うように喉を鳴らして飲み下す。喉から食道を通って胃の腑へと流れ込んでいくその感覚は、まるで自分の中に彼が溶け込んでいくようで激しく胸が高鳴った。

彼は、背後から乳首を摘んで弄び、指先でこよりながら引っ張る。そのたびにビリビリと胸の芯から快感が広がっていく。だが、揉みしだくほど胸に大きさがないのはちょっと寂しい。もっと大きくなれば彼は喜んでくれるだろうか？　もっともっと愛してくれるのだろうか？

（キスされながら、突き上げられるのっ、しゅごぃいいい！　乳首も気持ちいいぃ！　オ◯ンコグリグリされたら頭の中真っ白になって……もう、ち〇ちんのことしか考えられなくなりゅ……）

身体の内側から押し上げられるような感覚に息が詰まって、一突きされる度に甲高い嬌声が溢れ出る。鋭敏な箇所を同時に刺激されて、私ははけたたましい嬌声を迸らせた。

「ひぃいいいいんっ！　やぁあん、おかしくなりゅっ！　変になりゅよぉお！」

理性なんてとっくに麻痺している。ただあまりの快楽に脳が焦げつくような錯覚を覚えた。

「イキそう……くっ、なのか？」

「う、うんっ、ああっ、そ、そうっ！　はぁ、あくぅううっ……めちゃくちゃ気持ちよくって、ひぁあ、身体中、どこも熱くって、蕩けりゅぅ……す、しゅごいのがきちゃ……んぃいいいっ！」

目も眩むような悦楽に、いかにシーツを握りしめようと昂りを抑えられない。

沸き立ちはじめた絶頂の波に抗う術はなく、子宮を一突きされるたびに意識が呑み込まれそうになった。

気がつけば、彼のストロークも小刻みなものに変わっている。射精が近いのが窺えた。

だが、それでも尚、彼は絡みつく膣襞を強引に引き剥がしながら、執拗に膣奥に向けて肉棒を減り込ませる。

二人とも身体中汗まみれ。発情し切った熱い肉体と互いの情欲をぶつけ合うような獣じみたセックスに夢中になっていた。

「くっ、アーヴィン、締まるっ、イキそうなんだな？」

「んっ、あぁあ、そ、そう！　あふぅう、んんっ……イキそうらのぉ……もっとじゅぽじゅぽしてぇ、あぁああっ、ひっ、あひっ、い、一緒、一緒にっ、おじゅもわらひといっしょにぃい……っ！」

もはや呂律《ふれつ》も怪しい状態で、私は必死に絶頂をねだる。

するとオズは、私の胸の膨らみを掌で搾り上げるように強く握りしめ、それを支えに猛然と突き込み始めた。

官能の頂点を目指し、ラストスパートをかける彼。対して、私は昂り切った膣肉で、ひたすら突き込みを受け止める。

「あぁああっ、らひて、わらひのなかにびゅーってらひてぇええ、いっぱいちょうらいっ！んんんっ、ああっ、やらっ……わ、わらひもイク、イグっ、すごいイっひゃううぅううう！　んんっ……ぁあああああああっ！」

先程、経験したばかりの迸《ほとばし》る精液の感触が脳裏を過る。私はお尻を突き出すように結合部を密着させて、子宮口を擦りつけるように腰を揺すった。

「ぐっ、アーヴィン、射精《だ》すよ！」

快感を堪えるように眉根を寄せるオズ。私の内側で、彼のモノがググと膨張する感触を覚えた。

「あぁっ！　あああああっ！　来てっ！　いっぱい射精《だ》して！　ぜんぶちょうだいぃいいい

い！」

もはや、なりふり構う余裕もない。獣のごとき浅ましい声を上げると、彼が渾身の力で最奥に突き込む。亀頭が子宮を押し潰し、胎内で大きくひしゃげる感触。途端に灼熱の精が溢れ出した。

欲望の塊が弾け、怒濤の勢いで熱い液体が奥へ奥へと流れ込んでくる。

「あひぃいいいっ！　きた、きたぁあああ！　旦那さまのしぇいぇき、だいしゅきなしぇいぇきがぁ……あ、あふれてくりゅうう。あぁあっ、わらひもイっちゃう！　んぁああんっ、イク、イグっ、イグっ、イグぅうううううっ！」

視界がチカチカと明滅する。視線が定まらない。見開いた目、黒目が小刻みに揺らいでいるのがわかる。

「ぁあああっ！　ぁあああああああああっ！」

脈打つ肉棒から精液が吐き出されるたびに、私は背を仰け反らせ、あらん限りの声を上げて宙に喜悦を放った。

やがて、彼は最後の吐精に身を震わせ、大きな吐息を洩らしながら身体を弛緩させる。

そのまま、私たちは折り重なるようにベッドに崩れ落ちた。

まだ、身体の内側で快感が蟠《わだかま》っている。背中に感じる彼の体温と重さが心地良い。

彼の荒れた吐息が頬を撫でる感触すら、愛おしく思えた。

「はぁ……旦那さまぁ……私の旦那さま……」

夢見心地で絶頂の余韻に酔いしれながら、胎内に満ちた彼の感触を噛み締める。

なんていやらしいのだろうと、そう思う。すごく興奮した。興奮しすぎて、よく鼻血を出さなかったものだとすら思う。ありがとうお母さま、鼻粘膜の強い子に産んでくれて。

彼に抱かれて、今は身も心も満たされている。満たされているのにもっとしたい。もっと可愛がってほしいと思う。これは淫紋のせいだろう。私が特別いやらしいわけじゃない。きっとそう。

胎内で硬さを保ったまま息づくち○ちんの感触を確かめながら、私は彼の耳元で囁いた。

「旦那さまぁ……このままもう一回、いいでしょ？　ねぇ……おねがい」

第十章　姉の性癖が歪む

波乱に満ちた対抗戦。その翌朝、ボクらは正教会の本拠地である大聖堂、その地下へと長い長い階段を下っていた。

コツコツと幾つもの足音が、黴《かび》臭い薄闇の中に響いている。

先頭を行くケデル司教が掲げたカンテラの灯。ガラスに覆われた炎の揺らぎに合わせて、石造りの壁面に伸びたボクらの影が頼りなく揺らめいていた。

「本日は御足労いただき、ありがとうございます。姫殿下」

ボクが振り向いてそう告げると、フレデリカ姫殿下は、柔らかな微笑みを浮かべる。

「いいえ、クレア司教、当然のことでございます。『人喰い《マンイーター》』は本来は王家の所有物。それが持ち出されたとなれば、他人事ではございませんから」

言葉も声も柔らかいが、このお姫さまは遠まわしに正教会の管理責任を問うている。

下手に返事をして揚げ足を取られるのは御免だと、ボクは別の人間に話を振ることにした。

「シスターアンジェ、確かに『人喰い《マンイーター》』だったのですね？」

「ああ、間違いねぇな。見たのはアタシだけじゃねぇ。それにファランは、そいつに喰われちまった」

ボクが最後尾へと目を向けると、薄闇の中で黄土色の髪を揺らしてシスターアンジェが頷く。

昨日の対抗戦の最中、女王陛下の暗殺を目論んだ暴徒の中に一人、その『人喰い《マンイーター》』を手にした者がいたのだという。

そして、双子シスターの妹――シスターファランがその剣に喰われたのだと。

（『人喰い《マンイーター》』かぁ……）

大英雄オズマが鍛えたといわれる魔剣。それを高祖フェリアが手に入れ、王家の至宝として今日に伝わっている。

しかしながら、その剣の禍々しさを恐れた先々代の女王は、正教会にその保管を委ねたのだという。

確かに、大聖堂地下十五階層の聖遺物保管庫以上に安全な場所など、この世には存在しない。

だが、オズマ最後の弟子クレアの記憶を持ち、その『人喰い《マンイーター》』の正体を知るボクとしては、その大袈裟さには苦笑せざるを得なかった。

そもそも師匠本人は、それを『人喰い《マンイーター》』などという大袈裟な名で呼んだことはない。

というか、本来は武器ですらないのだ。

剣の形なのは、ぶっちゃけただの悪ふざけ。

師匠がつけた名は――『ダストシュート』である。

研究室引っ越しの際に作った、粗大ごみ処理の魔道具だ。しかもノリと勢いで作ったお陰で、呑み込まれた物の行方は正直よくわからないという。実にデタラメな代物である。

大量のゴミと失敗作の山に向かってへっぴり腰で剣を振るいながら、「ククク、この俺に逆らったのが運の尽きだ。闇に呑まれて消えるがいい！」などと、アホな一人芝居をしていたアホ師匠の姿が思い浮かぶ。思い起こせば共感性羞恥がヤバい。

とはいえ、今となっては、そんな話は誰にもできない。

今、この時代にそんな話をすれば、背教者として処断されかねないのだから。

本日、聖遺物保管庫へと階段を下りる我々は全部で五名。

先頭はケデル司教、そしてボク。その後ろに立会人としてフレデリカ姫殿下。

姫殿下の護衛として近衛騎士シャーリー・スピナー卿。

最後に今回、『人喰い《マンイーター》』を目撃した張本人、シスターアンジェである。

「そういえば、フレデリカ姫殿下、女王陛下暗殺を目論んだ首謀者を捕らえられたとか？」

ケデル司教が振り返りもせずそう問いかけると、姫殿下は肩を竦めた。

すし」

「お耳の速いことですわね……ええ、マチュア独立派の幹部でマレクという殿方ですわ」

「身柄を引き渡していただくわけには参りませんか？　対抗戦の主催は我々正教会でございますから」

「うふふ、お戯《たわむ》れを。彼らが狙ったのは女王陛下の御命、そして捕らえたのは私どもの手の者でございますから」

この二人は、言うなれば王家と正教会のナンバー2同士。

どちらも人当たりは良いのに切れ者という共通点もあって、間に挟まれてるボクとしては全く気が休まらない。

そして、最後尾の二人――シャーリー・スピナー卿とシスターアンジェも実に不穏だ。

実際、地下へと降りる直前、この二人は思いっきり揉めている。

その原因となったのはスピナー卿の弟、オズ・スピナーという少年のこと。

昨日出現した巨大ゴーレムを葬ったのは、アカデミーの最下級クラスの生徒である、この少年である。

それを耳にしたシスターアンジェは、どうしてもその生徒と戦いたいと言い出したのだ。

あらためて試合の機会を設けようとケデル司教に宥められて、一旦は落ち着いたのだが、今日、件《くだん》の生徒の異母姉シャーリー・スピナー卿を目にした途端、止める暇もなく「お前の弟とやらせろ！」と、詰め寄ったのである。

思わず頭を抱えるボクとケデル司教をよそに、スピナー卿はムッツリ助平なのか、「やらせろ」という言葉を「犯らせろ」と受け取ったようで、申しわけなさげな顔でこう口にした。

「貴様が嫁入りを願うのは勝手だが、我が弟にも選ぶ権利があるのだ。我が弟は乳の大きな女が好みのようなのでな……その、すまん」

そして当然のように、話がこじれたのである。

ケデル司教と姫殿下が二人の間に割って入って、どうにか事なきを得たが、いつ再燃するともわかったものではない。

(本当に……気軽に遺恨を作るのはやめてほしいよ)

やがて階段が尽きて最下層。ボクらは幾重にも封印された重々しい扉の前に辿り着いた。

「この奥が聖遺物保管庫です」

ケデル司教が振り返って、そう告げる。

ボクも聖遺物保管庫の存在を知ってはいたが、ここに足を踏み入れるのは初めてだ。

オズマに関する秘宝の数々が保管されているのだと聞いてはいたが、師匠は金を持たせれば、研究に全てをつぎ込むような甲斐性なしである。

秘宝などと呼べるようなものが、それほどあるとは思えない。

「それでは……」

ケデル司教は重々しく頷いて封印を解き、扉を押し開く。

ギギギと、時の重みを感じさせるような軋み。

ボクらが扉の中へと足を踏み入れると、壁面に設置された精霊光球が点灯し、室内を明るく照らし出した。

「……これが、オズマさまの秘宝の数々」

フレデリカ姫殿下が興味津々という雰囲気の声を漏らすと、ケデル司教が誇らしげに胸を張る。

「どうです。すごいものでしょう。滅多に見ることのできるものではございませんからね」

(すごいって……まあ確かに三百年前の物だけに珍しいかもしれないけど、あそこにかかってるの師匠のパジャマだし。あっちのは愛用の孫の手じゃん)

宝物庫というよりは、ただの収集家の部屋といった雰囲気だ。

「この中で、もっとも価値の高い物といえば、どれでございますの？」

フレデリカ姫殿下がそう問いかけると、ケデル司教は、よくぞ聞いてくれたと言わんばかりに口を開く。

「そうですね。やはり『人喰い《マンイーター》』が別格ですけれど、その次となると、あちらに飾られている壺、あれはオズマさまが当時の名工に命じて作らせた逸品で『聖水の泉』と呼ばれています」

「確かに、随分芸術的な形状でございますね」

「ええ、金貨数千枚の価値と言われております」

ボクは、ケデル司教の指さす先にある壺を目にして、頬を引き攣らせる。

(なんでそんな物残ってんのぉおおおお!?)

それは師匠に言われて、ボクが銅貨三枚で市場から購入してきた物であった。

　本来の用途は花生け。だが、師匠の使い方はそうではない。

　師匠は研究に没頭すると研究室から全く出て来なくなる。トイレに行く時間すら惜しんで、用を足すための壺を用意させたのだ。

　お陰で、研究室の隅にはそれが置かれていたのだが、その処理が弟子の仕事の中でも一番嫌だった。

（ってか、一番残しちゃダメだろ、そんなの……）

　思わず肩を落とすボクに構うことなく、ケデル司教は嬉々としてこう告げる。

「我が教会では、大司教位を引き継ぐ際に、この壺に注いだ聖水で身を清めるのです」

（うん、ボク……もう絶対、大司教は目指さない）

　その後もケデル司教は意気揚々と解説を続け、やがてフレデリカ姫殿下が、もう結構とばかりに口を開いた。

「それで……件の『人喰い《マンイーター》』はどこに保管されていたんですの？」

「それは……こちらです」

　ケデル司教が指し示した先には、戸棚のような扉がある。

「この中に大事にしまわれていたはずなのですが……」

　そう言って彼女が扉を開けた途端、ボクらは一斉に目を丸くした。

「……あるではありませんか」

「……ありますね」

扉の奥には祭壇。そこに、クリスタルガラスに覆われた『人喰い《マンイーター》』が、台座に突き刺さった状態で鎮座していたのだ。

ケデル司教が疑わしげな目を向けると、シスターアンジェは慌てるように声を張り上げた。

「嘘じゃねぇ！　これだ！　あの傭兵のおっさんが使ってたのは、この剣なんだって！」

「しかし、ここから持ち出された形跡もありませんし……」

困惑するケデル司教をよそに、ボクは『人喰い《マンイーター》』をマジマジと眺める。

そして、あることに気がついた。

「『人喰い《マンイーター》』は、二本存在すると考えるべきでしょうね」

「なんですって!?」

ケデル司教が目を丸くする。

もちろん、そう考えるだけの根拠はあった。

ここに安置されている『人喰い《マンイーター》』には、ボクの知る「ダストシュート」にはない特徴があったからだ。

「シスターアンジェ、あなたが目にした『人喰い《マンイーター》』には、こんな刻印がありましたか？」

ボクの指さす先、刀身に彫り込まれた文字列を目にして、シスターアンジェは眉根を寄せる。

「五八六〇六〇六デラディ山脈山頂で待つ……？　なんだこれ？　あ、いや……はっきり覚えてねぇけど、たぶんなかったと思う」

そうだ。ボクの知る「ダストシュート」にも、こんな文字列は入っていなかった。

そして、これは旧王国式のスペリングだし、間違っても最近刻まれたものではない。

つまり、師匠の『ダストシュート』はその傭兵が手にしていたもので、ここに安置されているのは別の一本。

（まあ、あのお人好し師匠のやることだしなぁ……誰かに頼まれて、もう一本ぐらい作ってても全然おかしくはないだろうけど……）


騎士シャーリーとフレデリカ姫は大聖堂へと出かけ、マール姫は女王にべったりで、メイド長ジゼルもどこへ行ってしまったのか、今朝は一度も姿を見ていない。

これはチャンスとばかりにアタシ——ミュウミュウは、廊下でグラスを我が弟の居室、その扉に押し当てて、底に耳をつける。

ゴーッと空気の対流する音の向こうに、女の悲鳴じみた嬌声が聞こえてきた。

「あっ！　あああっ、オズぅ！　オズぅう！　イイっ、ち○ちんイイっ！　もっと、もっと奥突いてぇ！　突きまくってぇ！　無茶苦茶にしてぇ！　もうち○ちんのことしか考えられないよぉ！　あんっ、ひぃっ！　んぁあああああ！」

姫にあるまじき獣のような喘ぎ声、おそらく我が弟が身に宿した媚薬のせいなのだろうが、凄まじい乱れっぷりである。

どうやら我が弟は騎士シャーリーに続いて、アーヴィン姫を虜にすることに成功したらしい。時刻は既に昼を回っている。昨晩からずっと睦み合い続けているのだから流石我が弟、とんでもない絶倫である。

「んぁっ！　オズぅしゅきぃ！　らいしゅきぃ！　あいしてゆ！　あいしてゆのぉ、もっとかわいがってぇ、えへへ、あーちゃんかわいいれしょ、ね、かわいいってゆってぇ、ん、んちゅっ、あ、あんっ、旦那さまぁ、しゅきぃ、ちゅきちゅきっ」

幼児のような舌っ足らずな睦言、デレデレに蕩け切った甘え声、これがあの澄まし顔の姫かと思うと苦笑せざるを得ない。

計画は順調。もはや王位簒奪《さんだつ》はなったも同然。

だが――

(弟よ、お前が他の女を抱いているのだと思うと、胸が苦しい。切ない……切ないのに……なぜかお腹の奥が熱く激しく疼くのだ……)

既に股間は、自分でも驚くほどに潤んでいる。もはや立っていることすら辛い。知らず知らずの内に、アタシは股間を指先で弄《まさぐ》っていた。

そして――アタシはハタと気づいたのだ。

「も、もしや、これが寝取られ……」

我が弟よ……どうやらお前の姉は、とんでもない変態性癖に目覚めてしまったらしい。

第十一章　オズ・フィーバー

「いや、俺が造ったのは一本だけだぞ」

対抗戦から二日後の朝、通学の道すがら。

シャーリーから、俺の造った大掃除魔道具『ダストシュート』が邪剣と呼ばれて、この時代に残っていることを聞かされた。そしてどういうわけか、それが二本存在しているらしいことも。

「なにかの間違いなんじゃないか？　片方は誰かが造った、形だけのレプリカとか？」

「もちろん、その可能性はあります……が、大聖堂地下に残されているほうは高祖陛下が実際に使用されていたもので、使用された記録も残っておりますし、闘技場場外で暴れた傭兵隊長らしき男が使用したほうも、シスターが一人飲み込まれる被害が発生しております」

俺は、思わず眉根を寄せる。

「わけがわからないな……」

『ダストシュート』は、俺の造った魔道具の中でも、相当に異色な代物である。

作り方は覚えているが、どうしてそういう効果が出るのか、喰われたものはどこへ行くのか、俺自身にも全く解き明かせていないのだ。

見た目を似せたレプリカならともかく、余人に同一の物を造れるとは考えにくい。

（えーと……俺が死んだ時点で、アレどこに置いてたっけ？）

俺が造った物は、研究室の掃除道具箱に放り込んだままだったはずなので、帝国に王都が占拠された際に略奪されたか、接収されたかだと思うのだが。

「それと……聖遺物保管庫に残されていたほうの刀身には、こういう文言が彫り込まれておりました。旦那さま、何か覚えはございますか？」

シャーリーが差し出してきた羊皮紙には、『五八六〇六〇六デラディ山脈山頂で待つ』という文字。記述方式は、エドヴァルド王国式だ。

「前の七桁は恐らく日付だと思うけど。普通に考えれば五八六年の六月六日というところだろうが……えーと、今は何年？」

「オズマ歴二七七年でございます」

「……なんでも俺の名前つけりゃいいってもんじゃないだろ」

「それは、私に言われても困ります」

「……だよな。だが、エドヴァルド王国時代の暦だとしても、それはそれでおかしい。俺が死んだのが王国歴六八八年。五八六年となれば、それより一〇二年も前だ。後半の『デラディ山脈山頂で待つ』ってのが、誰かに宛てたメッセージなんだとしたら、それより前に造られたものでないと辻褄が合わない」

「その可能性は……？」

「あるわけがない。『ダストシュート』は俺のオリジナルだからな。俺が造る以前に存在している可能性は全くないよ」

「本当にわけがわかりませんね……」

シャーリーが苦笑いを浮かべる。

そして、この話題がこれ以上、もうどこにも辿り着かないと判断したのだろう。彼女は周囲を見回した後、唐突に話題を変えた。

「それで……アーヴィン姫殿下とのご関係は……その、上手くいったのでしょうか？」

どちらかといえば、彼女が一番聞きたかった話はこっちなのだろう。

「ああ、良好だよ、目的の淫紋も刻めたし……その、シャーリーもアーヴィンも、俺にとっては大切な奥さんなわけだから、仲良くしてもらえると助かる」

「それはもちろんです。旦那さまを困らせるようなことはいたしません」

「まあ、シャーリーは大丈夫だと思ってるけどね……」

どちらかと言えば、不安なのはアーヴィンのほう。

淫紋の発情効果もあって、昨日はほぼ丸一日彼女を抱き続けたのだが、以降今朝に到っても、これまでのアーヴィンとは同一人物とは思えないほどのデレっぷりだった。

『あーちゃんねぇ、おじゅ、しゅきぃ、んー……ちゅーしてぇ』

幼児言葉で囁きながら、顔面が擦り切れるんじゃないかというほどに頬擦りしてはキスをねだってくる彼女の姿を思い浮かべて、俺は思わず苦笑する。

「オズマという存在を隠さないといけない以上、アーヴィンと俺との婚姻ってのも当然、隠す必要があるわけだけど……さ」

今日も姉弟設定のシャーリーとならともかく、アーヴィンと俺が一緒に登校するのはマズいと言ったら、彼女は盛大に頬を膨らませて拗ねた。

結局、彼女は王家専用のモトで先に登校したのだけれど、教室であのデレデレの態度をとられたら、アカデミーを揺るがすほどの大騒ぎになること必至だ。

「流石に、姫殿下もそれぐらいの分別はお持ちでしょう」

「だといいけど……」

俺が肩を竦めると、シャーリーがクスリと笑う。

「それで、淫紋を刻まれたということは、精霊王との接触も済まされたのですか？」

「いや、そっちはまだだ。何が起こるかわかったもんじゃないし、腰を落ち着けて、じっくりとって感じだね」

「……姫殿下が羨ましいです。私も旦那さまの女である証しを刻んでいただきたいとは思いますけれど……」

「うん……その甲冑じゃ、お腹丸見えだからね」

そんな話をしている内に、アカデミーのすぐ近くへと差しかかる。この辺りまでくると、俺たち同様に登校する生徒たちの姿がちらほら。警護を兼ねたシャーリーの送迎は正門までだ。

「それでは、勉学に励むのだぞ、オズよ！」

「はい、姉上」

姉弟らしい小芝居をしてシャーリーと別れ、校門の内側に足を踏み入れると、途端に背筋にゾクリと冷たいものが走る。

（……見られてる？　しかも一人じゃない！）

幾つもの視線を感じて、俺は全身に緊張を漲《みなぎ》らせる。

錯覚ではない。転生後のこの身体は、気配や敵意には恐ろしく敏感なのだ。

いくつもの好奇の視線、いくつかの淡い敵意。

殺意というレベルのものは感じないが、あまりにも数が多い。

平静を装いながら、視線だけを動かして周囲を確認する。

窓からこちらを眺めている生徒たちが多数。遠目にちらりちらりと視線を走らせては、ヒソヒソと耳打ちし合っている女の子たちの姿。敵意を感じるのは、ほぼ男子のようだ。

（なんだ……まさか、俺がオズマだってバレたのか？）

心当たりはいくつもある。

対巨大ゴーレム戦で、俺はどさくさに紛れて『爆裂《エクスプロージョン》』など、旧世代の魔法を幾つも使用していた。

現場は相当に混乱していたとはいえ、気づいた人間がいたとしてもおかしなことではない。

（これは……結構マズいかもな）

頬を伝う冷や汗を手の甲で拭うのと同時に、背後から声をかけてくる者がいた。

「おっはよー！」

振り向けば、赤毛のショートカットが特徴的な少女が「にひっ」と白い歯を見せて笑っている。

「あ、ああ……ザザ、おはよう」

二人並んで歩き始めると、彼女は頭の後ろで指を組みながらこんなことを言い出した。

「いやー！　それにしてもオズくん、一気に時の人って感じだよねー」

「はい？」

「え？　まさか気づいてないの？　昨日から王都中オズくんの話題で持ち切りだよ？」

(王都中!?　ヤバい、やっぱりバレてる!?)

「な、な、なんで……」

「なんでもなにも」

狼狽える俺の脇腹を、ザザが肘で突いてくる。

「あんなでっかいゴーレムぶったおした上に、存在しないはずの炎属性の固有魔法を使ったとなれば、そりゃー大騒ぎにもなるでしょうが」

(なんだ……正体がバレたわけじゃないってことか)

思わずほっと胸を撫で下ろすも、それはそれで問題には違いない。

女王陛下からは、くれぐれも目立たないようにと、そう言われているのだ。

「これから大変だよ、たぶん。女の子たちはみーんな、オズくんのこと気になってると思うし……ほら、アカデミーって、貴族の結婚相手探しの場でもあるわけだし、私もとっとと唾つけとかなきゃ……なーんてね」

「あ……あはは」

思わず乾いた笑いが洩れる。

そんな話をしながら教室に足を踏み入れると、傍にいるザザを押し退けるように、いきなり女の子たちが殺到してきた。

「ちょ、ちょっと押さないでってば!?」

「オズくん！　聞いたよぉ！　すごいじゃん！」

「アタシ、現地で見てたけど、ちょーカッコよかった！」

「今日、放課後とか空いてない？　対抗戦の話聞かせてよ」

クラスメイトとはいえ、碌に話をしたこともないような女の子たちが、俺を取り囲んで熱っぽい視線を送ってくる。

嬉しくないと言えば嘘になるが、それを「はいはい」とさばけるほど女性経験豊富なわけでもない。

押し寄せてくる女の子たちにタジタジになっていると、突然、鋭い殺気に貫かれて、俺は身構えながら周囲を見回した。

「え、あの……アーヴィン？」

「話しかけないで。色魔、変態、死ね」

汚物を見るような目で俺を眺め、プイとそっぽを向くアーヴィン。

ザザが殺到する女の子たちの波に抗いながら、俺の隣で苦笑する。

「あはは……相変わらずだなぁ、姫殿下は」

演技だと思いたいが、たぶんアレはマジで怒っている。

「あ、あの……」

あらためてアーヴィンに声をかけようとしたところで、教室に入ってきたアルメイダ先生がパンパンと手を叩いた。

「はい！　みんなー席に着きなさい！　講義を始めますよ！」


(流石に、これは焦るよねぇ……)

私──ザザは、斜め前の席に座っている、意中の男の子の背を眺めて溜め息を吐く。

彼の隣に座っている姫殿下との距離の近さは気になってはいたけれど、彼女は王族だから精霊王と契ることが決まっている。恋敵にはなり得ない。だから、オズくんに一番近い女の子は私だと、そう思っていた。その思い込みに胡坐《あぐら》をかいていたと言ってもいい。

確かに彼はすごくかっこよくて、頭も良いし、精霊力も尋常じゃない。でも、炎属性なお陰で他の女の子たちが言い寄る可能性なんてない。そう思いこんでいたのだ。

炎属性はハズレ属性。アカデミーに通う女の子たちは皆、家の発展のために、より良い結婚相手を見つけようとしている。だから、これまでは炎属性というだけで対象外になっていたのだ。

でもウチの家ドール家は、ちょっと事情が違う。先祖を辿れば傭兵上がりなせいか、父親からも強い男なら何でもいいと言われている。

それに、ウチは兄さんが炎属性だから偏見も全くない。

ライバルは全くいないわけだし、オズくんとの関係も良好。下手にガツガツ迫って関係を悪くするぐらいなら、時間をかけて信頼関係を紡いでいければと、そう思っていたのだ。

けれど、彼が固有魔法を手にしたことで、状況は一変した。

アカデミーに優秀な婿を探しに来ている貴族令嬢たちにはもはや無視できない存在、いや、捕獲リストの頂点に、いきなりランクアップしたのだ。

もちろんご令嬢たち本人の意思もあるのだろうけれど、たぶん多くの子女に実家から指示が送られたはずだ。オズ・スピナーを篭絡《ろうらく》せよと。

オズくん自身は、家格にあまり興味がないようだけれど、その勝負になると我がドール家はかなり弱い。

（はぁ……クロエぇ、お願い、早く帰ってきてよぉ）

私の相談相手であるクロエは、対抗戦で心に受けた傷が想像以上に深く、当日の内に実家へと連れ戻されていた。

しばらく講義を休んで静養するそうなのだけれど、復帰の時期はわからない。

「はい、それでは皆さん、しっかり復習しておいてくださいね」

アルメイダ先生が一限目の終わりを告げると、途端に女子生徒たちが、オズくんの周囲に殺到する。彼が身動きするたびにキャーキャーと歓声が上がった。想像以上の反応、あの様子なら、彼が鼻をほじってもキャーキャー言いそうだ。

私は思わず少し離れた場所に座っていたミュシャと目を見合わせる。彼女はなんともいえない微妙な微笑みを浮かべて、肩を竦めた。

(こんなんじゃ、とてもじゃないけど近寄れないよね……)

と思っていたら、オズくんの隣にいた姫殿下が突然キレた。

「ちょっと、アナタたちお退《ど》きなさい！　わらわらとうっとうしい！　邪魔よ、邪魔！　オズと私は生徒会長に呼ばれてるの、道をお開けなさい！」

流石に姫殿下に凄まれては、いかに上位貴族のご令嬢たちといえど引き下がらざるを得ない。姫殿下は、引き攣った微笑を浮かべたまま硬直しているオズくんの手を取ると、令嬢たちを蹴散らすように廊下へと出ていった。

「……ちょっと酷くありませんこと、いくら姫殿下でも物の言い方というものが……」

「しっ、ダメ、ダメ！　滅多なことを口にするものではありませんわ」

上位貴族といえど、王室批判は命取りである。

戸惑いと不満の空気が渦巻く中、言葉を濁しつつ、当たり障りない言葉に包み込んで不満を口にする令嬢たちの姿が、正直ちょっと面白い。

ざまあみろって感じだ。あんなに邪魔だった姫殿下が、今は頼もしく思えた。

（うん、私も頑張ってアピールしなきゃ。教室で声をかけられなくても、特訓は続けるわけだし……あの子たちよりはずっとリードしてると思っていいはず！）


「いつまで鼻伸ばしてんのよ、バカじゃないの？」

「鼻の下な、象かよ」

ウチの奥さんがなんだかものすごく刺々《とげとげ》しい。まあ、ヤキモチを焼いてくれているのだとすれば、嬉しくないわけではないけれど。

呼ばれていると口実にしたこともあるが、とりあえず俺たちはほぼフレデリカ姫殿下のプライベートルームと化している生徒会室に避難することにした。

「うふふ、本当に大変ねー」

向かいに座ったフレデリカ姫殿下が、いつも通《どお》りのおっとりした様子で微笑むと、アーヴィンが不愉快げに唇を尖らせる。

「姉さん、笑い事じゃないわよ。掌返しもいいところ。本当に節操のない人たちばかり」

「あーちゃん、それ全部自分にも突き刺さってるからね」

「ちがっ、わ、私はその……そんなのじゃないから！」

慌ただしく宙を掻く妹を楽しげに眺めながら、姫殿下は口を開く。

「でも、何らかの対策は必要でしょうねぇ。このままでは男女問わずオズマさまに群がってくることになるでしょうし……」

「男女問わず!?」

アーヴィンが、驚愕の表情でソファーから立ち上がる。

「ええ、そうですとも。意中の女性がオズマさまに夢中になっていたら、殿方も面白くありませんでしょう？　それにオズマさまと戦ってみたいと考える方も、かなりいらっしゃるのではないかと……」

「あ、ああ、そういう意味ね。もう！　姉さん、紛らわしい言い方しないで！」

「うふふ、ごめんなさい。でも、こんな状況になってしまったら、婚約者を選んで公表でもしない限り、収まりがつかないのではありませんか？」

「そんなの必要ないわよ！」

「そうは言いますけれど、王族のあーちゃんとの関係は大っぴらにできませんし、シャーリーは表向きは姉ということになっていますから……もう、いっそのこと希望者全員娶ってしまっても良いんじゃないかしら？」

「「は？」」

俺とアーヴィンは思わず首を傾げた。

「後宮の部屋もまだまだ余裕がございますし、ついでにワタクシも娶っていただけると色々と丸く収まると思うのですけれど？」

「……姉さんに相談した私がバカだったわ」

アーヴィンが、頭痛を堪えるような素振りを見せる。

結局、その日は一日中、アーヴィンが隣で睨みを利かせてくれたおかげで、どうにか乗り切れたものの、これが続けば彼女の目つきが相当悪くなることは避けられない。

その上、城に戻るとシャーリーがげっそりしていた。

「旦那さまへの婚約の申し出が凄まじくて……」

「そんなに？」

「ええ、上位貴族は悉《ことごと》くですね。ボルトン家、ウォルター家、デフト家。名だたる貴族はほぼ全てです。あとは正教会のクレア司教から面会の申し出、その他多数の社交界へのお誘い。流石は旦那さまだとは思うのですが、中には軽く脅迫めいたものもありまして……」

肩を落とすシャーリーに、アーヴィンがねぎらうように声をかける。

「ご苦労さま。そうね、あまり酷いのはお母さまにお願いして、警告してもらうわ」

「助かります」

それにしても、愛する妻たちにこんなに苦労をかけることになるぐらいなら、あの巨大ゴーレムを放置しておいたほうがよかったんじゃないかとすら思う。

（このままでは、アーヴィンの目つきはどんどん悪くなりそうだし、シャーリーはどんどんげっそりしてしまいそうだ）

「……すまないな、二人とも」

思わずそう口にすると、二人は顔を見合わせて笑い合った。

「気にする必要はないわ。旦那さまがモテるのは悪い気はしないし」

「ええ、そうです。私も誇らしいと思っております！」

シャーリーが、張り子の置物のように激しく頷いた。

「でも、姉さんの言うことも一理あるのよね……ねぇ、オズ。誰か気になる娘とかいないの？　本当にいい娘がいたら、娶ってもいいのよ？　あくまでも一番は私だけど」

「いいえ、お言葉ですが一番は私です」

そこは張り合うんだと苦笑しながら、俺は二人の肩を抱き寄せる。

「正直、アーヴィンとシャーリー以上に愛せる女性がいるとは思えないな」

途端に、アーヴィンが急に甘えるような声を漏らした。

「じゃあ、今夜は二人して可愛がってくれる？」

上目遣いにそんなことを囁かれては、男として否はない。だが、シャーリーが冷ややかな目をしてアーヴィンの肩に手をかけた。

「姫殿下、お待ちください。今夜は私の番のはず。なにをどさくさに紛れて自分も交ざろうとしておられるのですか？」

第十二章　意志の力とはいうけれど

「ザザさん、あなた、のんびりしててよろしいんですの？」

「あ、あはは……それはそうなんだけど……あそこに突入する勇気はないかな」

アマンダの問いかけに、私は引き攣った微笑みを浮かべる。

昼休みの教室、私たちの視線の先には一人の男子生徒を取り囲む黒山の人だかりがあった。

対抗戦から三日が経過した今も、オズくんを巡る状況は全く変わっていない。いや、むしろ更に過熱したと言っても過言ではない。

その証拠に、今もアーヴィン姫殿下がお花摘みに傍を離れた一瞬で、彼は多数のご令嬢たちに取り囲まれていた。

なかなか凄まじい光景である。

一人が駆け寄ったかと思ったら、すぐに五人、十人と集り始める光景に、私もまさか、貴族のご令嬢たちとあの黒い害虫に共通点を見出すことになろうとは思いもしなかった。

「オズさまぁ、オズさまは社交界には出られませんの？」

「我が領地は避暑地として有名ですの。夏期休暇に是非お越しいただきたいですわ」

「オズさまは、どんな女性がお好みですの？」

「それとも男性にご興味が？」

「もう、なんでもいいから結婚しましょう！」

飛び交う質問に、オズくんは逃げることも出来ずに顔を引き攣らせるばかり。もっと飄々としたタイプだと思っていたのだけれど、流石にあの数の女子は手に余るらしい。

今、ひと際熱烈に言い寄っているのは、三大貴族の一角ボルトン家のツェツィーリエ嬢。

陰険で高慢と悪評高く、全体的に肉付きの良いご令嬢である。

「おほほほほ！　皆さま、オズさまのご迷惑ですわよ。ここは名門ボルトン家の令嬢であるワタクシにお譲りくださいませ。きっとオズさまもそうお望みですわ」

と、高笑いしながら周りのご令嬢を牽制しまくっている彼女の姿に、アマンダが眉を顰める。

「あの方……本当に何様のつもりなのかしら」

「あはは……」

同族嫌悪とはよく言ったもので、私の目には、彼女とアマンダは似たようなタイプのように見えた。アマンダのほうがやや常識的なだけで。

しばらくそんな光景をぼんやり眺めていると、突然ご令嬢たちがオズくんの周囲からさっと離れ始める。まさに蜘蛛の子を散らすといった様子。どうやら姫殿下が戻ってきたらしい。

（……姫殿下、もう魔除けかなんかみたいだよね）

私としては、ありがたいとしか言いようがないのだけれど。

放課後、私はミュシャと共に王城の練兵場へと向かう。

対抗戦は終わったが、手応えを感じていた私から姫殿下にお願いして、以降も特訓を続けさせてもらうことになっているのだ。

とはいえ、実家で静養中のクロエは当然不参加。

彼女の代わりというわけではないが、本人のたっての希望ということで、今日からはミュシャが参加することになっていた。

彼女は、時々昼食を一緒に取るメンバーでもあるし、婚約者もいるのでオズくんに言い寄ることもない。私としても安心な人物である。

そして、ミュシャはミュシャで特訓に参加を希望するだけの動機がある。

彼女は、私やオズくんのような編入組ではなく、成績に問題があって最下位クラスにいるのだ。それだけに、このまま何もしなければ次の試験でも昇格は難しい。そこで――。

「折角仲良くなれたのに、みんな次の昇格試験で絶対クラス上がるでしょ。自分だけ取り残されるのイヤだし、お願い！　私も特訓に交ぜて！」

――というわけである。

私たちが練兵場に辿り着くと、オズくんはベンチに座り込んでぐったりしていた。

連日のご令嬢たちの求婚ラッシュは、流石のオズくんでもキツイらしい。どうやら彼にとっては、巨大ゴーレムよりもご令嬢の集団のほうが強敵らしかった。

「だらしないわね、もう……」

と、姫殿下は呆れ顔ではあるが、対抗戦以降、オズくんに対する態度が更に柔らかいものに変わったような気がして、私としては気が気ではない。

王族だから心配しなくてもいいとわかってはいるのだけれど、どうにも気になるのだ。

ともかく、四人が揃ったところで訓練開始。ここでは、オズくんが教官役である。

「じゃあ、ミュシャは初参加だし、まずは精霊力そのものを上げる訓練から始めようか」

私たちは一列に並んで、それぞれ掌の上に自身の属性に応じたモノを出現させる。

姫殿下は炎、私は水の塊、ミュシャは小さな竜巻を生み出して、それをただ保持する。

最初は単純に同じ状態のまま長く維持するところから始め、そこから大きさはそのままで密度を上げる。そんなイメージで精霊力を注ぎ込んでいくのだ。これがなかなか難しい。

ただ、この訓練のおかげで少なくとも私の精霊力の量は飛躍的に増えたし、出力も嘗てないほどに安定した。

私たちにとっては、既に何度もこなしてきた訓練だが、ミュシャにとってはこれが初めての経験。

「あぁ……」

彼女はコントロールを失っては、竜巻が大きくなって、慌てて消滅させるということを何度も繰り返している。

「もぉ！　なんでできないのよぉ！」

ジタバタと足を踏み鳴らす彼女に、最初に声をかけたのは意外なことに姫殿下。

「慌てなくても大丈夫。私たちも最初はそんな感じだったわよ。ねぇ、ザザ」

「うん、そうそう。特に姫殿下なんて、何回天井焦がしたかわかんないぐらいなんだから」

「あなたも酷かったでしょ！　水流を暴発させてオズを吹っ飛ばした話とかしましょうか？」

「あー……あれは死ぬかと思ったな」

「ちょ!?　姫殿下！　オズくん！　そういうのバラさなくてもいいじゃん！」

特訓とはいいながら和気藹々とした雰囲気。オズくんも指導しながら、終始微笑ましいものを見るような顔をしていた。

特訓再開初日ということもあるし、ミュシャが初参加ということもあって、今日の訓練の大半はこの繰り返し。小刻みに休憩を挟みながら二刻ほどもそれを繰り返し、最後はいつもどおり軽い模擬戦を行う。

模擬戦とは言っても、攻め方と守り方を徹底的に身につけるための訓練で、一定時間の間、片方がひたすら攻撃し、もう片方は防御に徹するのだ。

もちろん、対抗戦の時のように『時の楔《クロックカウエッジ》』で安全が確保されているわけではないから、出力は怪我をしない程度に制限して行われる。

「そうだな……じゃあ、まずはミュシャが攻撃側で、ザザが防御側で始めようか」

オズくんに指名されて、私とミュシャがそれぞれ左右に分かれて向かい合った。

「お、お手柔らかに……」

ミュシャの緊張しきった顔に思わず苦笑する。お手柔らかにも何も、攻撃側は彼女なのだ。

オズくんが彼女を攻撃側に指名したのは、やはりまだ精霊力の出力が安定していないからだろう。攻撃は少々ミスをしても怪我をすることはないけれど、防御側はミス一つで大怪我をする可能性がある。

だから、私たちが特訓を始めた頃は、オズくんがひたすら防御側。そして、私たちは三人がかりでひたすら攻撃するという特訓を繰り返したものだ。

(まあ……あんなのは、オズくんじゃないとできないと思うけど)

「ミュシャ、遠慮なく撃ち込んできていいからね！」

私がそう告げると、彼女は緊張しきった顔をしてコクコクと頷く。うん、微笑ましい。

「じゃあ、い、いくね！」

そう言って、彼女は手の中に小さな竜巻を生み出す。風属性の初歩中の初歩、『風刃《ウインドカッター》』だ。

(『流水幕《ウオータースクリーン》』なら面で防げるけど、それじゃ訓練にならなさそうだし、こっちも『水刃《ウオーターカッター》』で一つずつ撃ち落として……)

そう考えた途端、ドクンと大きく心臓が跳ねた。

「え……」

視界の中で、ミュシャの輪郭が大きくブレる。

(な……ど、どうしたの……？)

怪訝そうに首を傾げるミュシャの姿に、あの銀髪の双子の姿が重なった。

途端にゾワゾワゾワッと皮膚が粟立って、背筋が凍りつく。あまりの息苦しさに喉を押さえると、額から冷たい汗がぶわっと噴き出すのがわかった。

「ひゅーっ、ひゅーっ、ごほっ、ごほっ……」

隙間風のような自分の呼吸音が耳にうるさい。息苦しい。目の前がチカチカと明滅して、ミュシャが驚き顔になった。

「ザザ！」

「おい！　どうしたっ！　ザザっ！　ザザっ！」

立っていられなくなって座り込むと、オズくんと姫殿下の慌てたような声が聞こえてくる。

（あぁ……これ、マズいなぁ）

脳裏に浮かんだそんな思いを最後に、私はそのまま意識を手放した。


ザザを王宮内の一室に運び込み、治癒師を手配する。

俺は、自分が何かやらかしたのではないかと狼狽えるミュシャを宥め、アーヴィンは迎えに来たドール家の御者に、ザザを今晩は城に泊まらせる旨を伝えて帰らせた。

ベッドに横たわるザザ。ベッドサイドでは、ミュシャが心配そうな表情で、彼女の顔を覗き込んでいる。

「これって、クロエと一緒ってことだよ……ね」

「ああ、おそらく心の傷になってる」

俺とアーヴィンは、ベッドから離れたところで小声で囁き合っていた。

硬直、過呼吸、意識障害。おそらくと濁したものの、ほぼ間違いないだろう。あの双子との試合が心の傷として残ってしまっているのだ。

対抗戦で『死』を経験した者は他にもいる。ボルツやイニアスもそうだ。彼らとザザ、クロエの違いは、おそらく死ぬまでに痛みを感じる時間があったかどうか。つまり爆死や感電死と刺殺の違いである。

それを伝えた途端、アーヴィンが修羅のような顔になって奥歯を噛み締めた。

「あの双子……もっと無茶苦茶にしてやれば良かった」

「もっとって、アーヴィンさんや、片方は爆死してましたけど？」

「口の中に溶岩流し込んでやるぐらいしてやれば良かった」

悲報、ウチの奥さんが無茶苦茶怖い。

それはともかく、前世では戦場でこんな風に心の病を患った兵士を何人も見てきた。

とはいえ、目に見える傷ではないから、いつ治るかなんてわからないし、当時は時代も時代なだけに負傷として扱ってもらえず、軟弱者扱いされて、むしろもっと過酷な最前線に送り込まれたりしていたわけだが。

「で……治るの？」

「時間が経って、恐怖の記憶が薄れるのを待つか、本人が意志の力でそれを乗り越えられれば……ってとこじゃないかな」

俺がそう口にすると、アーヴィンは「意志の力……か」と呟いて、ベッドの上のザザを見つめた。

第十三章　ボルトン先輩の挑戦

一夜明けて、ザザはアーヴィンと共にアカデミーへと登校した。

表向き、俺は王城ではなく離れの小屋で慎ましく暮らしているということになっているので、朝の段階では、ザザと顔を合わせてはいない。

「あはは、昨日はごめんねー。もうなんともないから！」

「本当に大丈夫なの？　心配したんだから！」

教室でミュシャと挨拶を交わす彼女からは、カラ元気とでもいえばよいのだろうか。そんな、どこか無理をしているような雰囲気を感じた。

アーヴィンにちらりと目を向けると、彼女は静かに首を振る。

登校時、モトでザザと二人きりになる彼女は、実家に帰って静養することを勧めるとそう言っていたのだが、どうやら聞き入れられなかったらしい。

「だいじょーぶだってば！　ほんとにみんな心配症なんだから。たぶん食べすぎとか、そんなのだよ」

ウソが下手すぎる。なんだ食べすぎって。

だが、俺が彼女のことを気にしていられたのはそこまで。

本日も例によって例のごとく、ご令嬢の群れに取り囲まれては、アーヴィンが威嚇して撃退という流れで休憩時間が全部埋まる。

もちろん、女の子に好意を向けられること自体は悪い気はしないのだが、あちこちを触られるのも、女性特有のふくらみをぎゅうぎゅう押しつけられるのも心臓に悪いし、アーヴィンの目つきが怖い。

休み時間が終わるたびにポケットの中に捻じ込まれた手紙を整理するのも面倒だし、今日にいたっては、どう見ても脱ぎたてと思われる下着が捻じ込まれてもいた。

（いったい、俺にどうしろと……）

そもそも俺には、既に最愛の妻が二人もいるわけだし、流石にここまでくると、ご令嬢一人一人ではなく『群れ』として認識してしまっている。

何事もほどほどが一番。ご令嬢の供給過多は笑うに笑えない。

昼休みになって、いつものようにザザとアーヴィン、加えてミュシャと一緒に学生食堂へ向かおうと教室を出る。

そして、階段を下りたところで背後から突然、大きな声がした。

「まてぇえええい！　オズ・スピナー！」

振り返れば階段の上、窓から差し込む逆光を背に、腕組みする大男の姿があった。

短く刈り込んだ金髪の男、熊のような巨体で太い眉とぎょろりと大きな目が特徴的な大男だ。

「貴卿に対戦を申し込みたい！」

「お断りします」

「ははははは！　早い！　結論が早すぎるぞ、オズ少年！」

「いや、オズ少年って……だって突然対戦しろって言われても、理由もないし……っていうか誰だよあんた？」

ミュシャが慌てて耳打ちする。

「ちょ、ちょっと、オズくん！　上級クラス首席のボルトン先輩だよ！　対抗戦上級クラス部門で去年、一昨年と優勝した……」

ボルトンという家名になんとなく聞き覚えがあると思ったら、最近付きまとってくるやたら濃いご令嬢の家名がボルトンだったような気がする。

「先輩……妹さんとかいます？」

「ははははは！　うむ、最高に可愛い妹が一人いる！」

妹も濃いが兄も濃い。きっとご両親は輪をかけて濃いのだろう。胸やけしそうなご家庭があっさりと想像できた。

「貴卿には戦う理由はなくとも私にはあるのだ！　オズ少年！」

「そんなに戦いたいなら、山に籠もって熊とでも戦ってきたらどうです。先輩」

「熊はもう飽きたのだ！」

「ホントに戦ってたの!?」

「うむ、そこで！　新たな対戦相手を探しておる時に、我が最愛の妹ツェツィーリエがだな、貴卿に懸想しておるというではないか！　そして私は強者と戦いたい！　となれば、貴卿と私が戦って私が勝てば、貴卿を我が妹の婿として貰い受けるというのが当然の選択であろう。勝者が全てを勝ち取るのが歴史にも記された真実である！」

うん、何を言っているのか、さっぱり意味がわからない。

ドン引きしているのは俺だけではない。隣でミュシャとザザも遠い目をしている。なぜかアーヴィンだけが腕組みをして、なにやら考え込むような素振りを見せていた。

「お断りします」

「なんと！　臆したか、オズ・スピナー！」

「いや……俺に何の得もないと思うんですけど？」

「なんと愚かな！　この私に勝てば上級クラス首席レオン・ボルトンを打ち負かした男という名声を得、負けたところで地上最高に美しい我が妹ツェツィーリエの婿の地位を得られるのだぞ！　三大貴族の一角、ボルトン家の婿となれる栄誉だ！　スピナー家の如き三流貴族子弟には願ってもないことであろうが！」

「あのさ……」

呆れ果てつつ何をどう言ったら諦めてくれるのだろうと考えていると、すぐ隣でアーヴィンが思いついたと言わんばかりにポンと手を打った。

「いいでしょう！」

「なにが!?」

俺もビックリしたが、アーヴィンの両脇でザザとミュシャも目を丸くしている。ついでにボルトン先輩も目を丸くしていた。いや、何であんたがビックリしてるんだよ。

「あなたの挑戦、この私、第二王女アーヴィン・エラ・バルサバルの名において、受けて立ちましょう！」

「おおっ！　御身はアーヴィン姫殿下ではございませんか！」

どうやら、彼は今の今まで、アーヴィンの存在に気づいていなかったらしい。ボルトン先輩は慌てて片膝をつき、恭《うやうや》しく頭を垂れる。

「ただし！　あなたの挑戦を受けるのはオズではありません」

「……は？」

ボルトン先輩は顔を上げ、きょとんとした表情で首を捻った。

「あなたの挑戦を受けるのは、ここにいるオズの弟子、ザザです」

一瞬、何とも言えない沈黙が俺たちの間に舞い降りる。指さされたザザの顔からサーッと血の気が引いていった。そして――。

「どぇえええええええええええええっ!?」

ザザが素っ頓狂な声を上げると、ボルトン先輩が抗議の声を上げる。

「い、いやいやいや！　ひ、姫殿下、私が戦いたいのはオズ少年であって……」

「おだまりなさい！　オズと戦いたければ、まずはその弟子を倒してからにせよと言っておるのです！」

「お、おい、アーヴィン……」

「ちょっと、姫殿下……弟子ではないと思うんだけど」

彼女は黙っていろとばかりに、俺とザザをギロリと睨みつけてくる。

なんだかんだ言っても、やっぱりあの女王陛下の娘である。目ヂカラが半端ない。光線かなにか出ていそうな気がする。そしてザザ、弟子かどうかは今、大した問題じゃないからな！

「勝負は十日後、もしこれを断るというのであれば、金輪際オズへの挑戦は許しません！」

「そんな横暴な！　私は今すぐにでも……」

「なるほど、私の言葉が聞けぬと？　それはボルトン家の総意ととらえてもよいのですね？」

「ぐっ……御心のままに」

そして、ものすごく納得のいっていない顔をしながら、ボルトン先輩は去っていった。

途端に、ザザがアーヴィンに詰め寄る。

「ひ、姫殿下のあんぽんたん！　無茶苦茶だよ！　ボルトン先輩だよ、ボルトン先輩！　上級クラスの首席だよ！」

「心配しなくてもあなたが勝てるとは思ってないわ。だって、あんなクソ雑魚双子シスターにボコボコにやられた上に、それを引き摺って立ち上がれないような雑魚の中の雑魚のあなたに勝てるわけないでしょう？」

「そこまで言う!?」

「事実じゃない。あなたには盛大に負けてもらいたいと思ってるの。だって、このバカ男は鈍感な上に優柔不断だし、どこかに婿入りでもしてもらわないと、いつまで経っても騒がしくてかなわないんだもの」

「横暴すぎるでしょ！」

「あらそう？　あ、わかった。怖いんでしょ？　戦うのが怖いなら実家に帰って毛布にでもくるまっていなさいな」

「なんだとぉー！」

「ちょ、ちょっと、お、落ち着いて、ね、ね」

角を突き合わせて睨み合う二人を、完全に置いてけぼりを喰らっていたミュシャが、オロオロと宥めようとする。

「もうアッタマきた！　オズくん！　特訓つきあって！　ボルトン先輩なんてどうでもいいけど、この底意地悪い姫さまに、ほえ面かかせてやる！」

「できるものならやってごらんなさい！」

アーヴィンもアーヴィンならザザもザザである。可燃性が高すぎる。水属性じゃなくて油属性かなんかじゃないだろうか……。

いや、アーヴィンの考えていることは大体わかるのだ。

要はショック療法だ。極限まで追い込んで、ザザに自力で壁を乗り越えさせようとしているのだ。まさにツンデレの本領発揮である。

だが――。

（どう考えても壁が高すぎるだろう……）

このお姫さまは不器用で、しかも加減というものを知らない。

もはや溜め息しか出なかった。

第十四章　地獄のブートキャンプ

放課後、俺はザザと共に王城内の練兵場にいた。

自ら憎まれ役を買って出たアーヴィンの姿はここにはない。後は任せるというわけである。

とはいえ、ザザの心の傷は深刻だし、本来なら試合どころか特訓などするべきではないと思うのだが、事ここに到っては仕方がない。俺としてはやれることを全力でやるのみだ。

「というわけで、特別講師を用意しました！　それでは先生方どうぞ！」

俺のそんな紹介と共に練兵場へと入ってきた二人を目にして、ザザが硬直する。

「いぃっ!?」

「はい！　というわけで、シャーリー先生&フレデリカ先生でーす」

それは驚きもするだろう。ザザにしてみれば、二人とも雲の上の人物である。

片や近衛騎士団のナンバー2、片やアカデミーの生徒会長にしてこの国の次期女王、いくらザザがアーヴィンと親しくなったとはいえ、本来なら気安く話のできる相手ではない。

「オ、オズくん……え？　マヂで？」

「マヂです。お二人には、それぞれ格闘術についてご指導いただきます」

「格闘術？」

ザザが、きょとんとした顔で首を傾げる。

「うん、もうはっきり言っちゃうけどね。今のザザじゃ魔法の撃ちあいになったら、まず勝ち目はないから、接近戦に持ち込むこと前提の特訓」

「うっ……そうなんだ」

勝ち目がないことに関しては、ザザも自覚があるのだろう。

だが、少ない勝ち目を大きく拡げるために、この二人に協力を依頼したのだ。

そもそも、ザザの戦闘スタイルは接近戦志向なだけに、純粋に剣術や格闘術の向上がそのまま戦闘力の向上につながる。

そして、近接戦闘に関しては、シャーリー以上の人材を俺は知らない。

次に、属性には属性の特徴というものがある。

アカデミーにおいて水属性最高の魔法使いといえば、フレデリカ姫殿下なのだ。

午後の授業の合間を縫って、彼女にザザの指導を頼みに行ったところ、二つ返事で請け負ってくれた。

彼女が快く引き受けてくれたのは、俺からの頼みということもあるが、実に都合のいいことに、フレデリカ姫殿下自身が、個人的にボルトン先輩を毛嫌いしていたからだ。

それというのも、彼は強者とみれば挑んでくるそうで、姫殿下も随分付きまとわれたらしい。

実は、ボルトン先輩がずっと上級クラスの首席なのに最上位クラスに上がれないのは、姫殿下が拒絶しているからなのだそうだ。あまり知りたくない裏事情である。

「それでは、まず軽く近衛騎士団の訓練と同じ方法で始めましょうか」

「は、はい、よ、よろしくお願いします！」

シャーリーが微笑むと、ザザが緊張気味に腰を折る。

うんうんと保護者目線で眺めていた俺ではあるが、次に続いたシャーリーの一言に、思わずそのまま固まった。

「とりあえず、私が殴ります」

「は、はい？」

「全部避けられるようになったら、今日の訓練は終了です。簡単ですよね？」

「え!?　ちょっ！」

と、ザザが慌てたその瞬間、問答無用とばかりに彼女の腹部にえぐるようなアッパーが叩き込まれる。

「ぐぼぁ！」

への字を描いて浮き上がる身体。ザザはどうにか倒れずに踏み止まるも、シャーリーに一切の容赦はなかった。

左右から大ぶりのフック、ジャブの滅多打ちに、ザザの身体がまるで滝つぼに放り込まれた人形のように踊る。息も絶え絶えのザザ、一方のシャーリーは吐息一つ乱れていない。

「どうしました？　まだ一発も避けられてませんよ？　マゾですか？」

結局、五分と持たずに、ザザは倒れて動けなくなった。

「団員でもない女の子ですので、顔は殴ってませんけど、ダメです。この子は才能ないと思います。その上、この程度で立ち上がれなくなるような根性なしでは話になりません」

（うん、近衛騎士団、野蛮すぎんか？）

思わず頬を引き攣らせる俺。ウチの奥さんが野蛮すぎる。

だが、俺たちのそんな話が聞こえたのかどうかはわからないが、ザザがよろよろと身を起こした。

「ま……まだ、やれます……」

その姿に、シャーリーはにっこり。再び殴りかかるべく身構えようとすると、二人の間にフレデリカ姫が割り込んだ。

「このままでは埒が明きませんし、ワタクシが水属性魔法を使った物理防御の仕方のお手本をお見せしましょう。ただ躱すよりも、そのほうが訓練にもなるでしょうから」

「なるほど」

シャーリーが頷くと、姫殿下がニコリと微笑む。

「じゃあ、シャーリー、遠慮なくワタクシに仕掛けていらして」

「それでは御免！」

姫殿下相手だというのに全力の打撃。だが、大ぶりに殴りかかったシャーリーの拳が姫殿下に辿り着く直前で、バシャッという水音と共に弾かれる。そして、いつの間にか姫殿下の指先がシャーリーの鼻先へと突きつけられていた。

「流石は姫殿下……お見事でございます」

シャーリーにニコリと微笑み返すと、姫殿下はザザのほうへと向き直る。

「よろしいでしょうか？　水属性の防御となると水で防壁を展開することだと思いがちですけれど、それでは精霊力の無駄も多く防戦一方になりやすいのです。ですが、攻撃を見極め、その攻撃を弾くように最小限の水の塊を撃ち込めば、敵の攻撃を受け流しながら自身は攻撃へと移ることが容易になります」

姫殿下はさも簡単そうに言っているが、それはあまりにも難易度の高い技術である。遠距離からの魔法攻撃ならともかく、近距離で殴りかかってくる拳を弾くのはレベルが違う。

拳が届く距離で攻撃を見極め、尚且つそれが到達するまでに、魔法を撃ち込めるだけの速度と制御を求められるのだ。たぶん、俺にもできないと思う。

（精霊魔法の天才と呼ばれるだけのことはあるな……）

だが、ザザの戦闘スタイルとは、かなり親和性の高い技術と言っていい。接近状態で相手の攻撃を弾いて体勢を崩せば、カウンターのチャンスが生まれる。

「それでは、やってみましょうか」

「は、はい！」

一回実演しただけでやってみろというのは、相当な無茶ぶりだと思うのだが、ザザは素直に身構えた。

結局、この日の成果は水属性の魔法でどうにか一度だけ拳を防げたこと。

言うなればまぐれである。

そして、ザザは王宮の治癒師に処置してもらって、深夜に帰っていった。

翌日、ザザはアカデミーを休んだ。

どうやら、ボルトン先輩との対戦の日までは、特訓に専念するつもりらしい。

一日の講義を終えて王城に戻ると、既にザザがシャーリーとの立ち合いを始めていた。

その日も状況は、ほとんど変わらなかった。

三日目、四日目と次第に攻撃を防げる回数は増えてきたが、それでもまだ半分以上は直撃を食らっている。

だが、四日目の終わり、練兵場の床に大の字に転がりながら、ザザが満足そうにニッと笑ったのである。

「ちょっと掴めてきた……明日はたぶんもっといけると思う」

たぶん、彼女が殴られた回数は三桁に届いている。

実年齢がおっさんの俺としては、無謀は若者の特権だなと眩しく思えた。

ちなみにアーヴィンはあれ以来、一度もザザと顔を合わせてはいない。関係が悪くなるのではないかと多少心配もするのだけれど、俺が口を挟むようなことではないような気がした。

夜、ベッドの上でアーヴィンにそれを言うと、彼女は事もなげにこう口にする。

「大丈夫よ、友達なんだから」

「いままで友達居なかったヤツの言うセリフじゃないよね、それ」

「失礼ね、友達ぐらいいいたわよ！　アルルとか」

たぶん、「とか」の後には何も出てこないのだろうが、わざわざそれを口にして機嫌を損ねる必要はない。

五日目、確かにザザは何かを掴んだらしい。

シャーリーの攻撃の八割方を防ぎ、時には反撃に転じる場面まで出てきた。

「すばらしいですわね。この特訓は最終日ギリギリまで続けるとして、そろそろ並行してなにか別の特訓を行ってもよい頃合いかと……」

フレデリカ姫殿下のお墨付きを得て、俺はザザに次の特訓の説明を行う。

「ザザ、水の固形化はできてたけど、その応用で水の粘度を上げることってできる？　アーヴィンの『溶岩雨《マグマレイン》』みたいに」

「粘度？　ベタベタさせるってこと？」

「ああ、粘度を自由に調整できたら、色々と戦術が広がるからな」

この発想は偶然の産物、先日ザザの可燃性の高さを『水属性ではなく油属性』とそう評したのだが、なにも油の特徴は可燃性だけではない。

　ぬるぬる滑るとかドロドロ纏わりつくとか、そういう性質も油の持つ特徴であり、それを水属性の魔法で再現できるのであれば、それは大きな武器になる。

「粘度っていわれても……」

　ザザが困り切った顔をするのとは裏腹に、フレデリカ姫殿下は興味津々とでもいうような顔をした。

「面白いことをお考えになりましたのね。それでしたら――」

　姫殿下は一旦練兵場から立ち去ると、しばらく経ってから何人もの使用人を引き連れて戻ってきた。使用人はそれぞれ手に壺を抱えていて、最後に運び込まれてきたのは巨大な甕《かめ》。それこそ人一人が余裕で入れるほどの大きな甕だ。

「な、なに、なにすんの……？」

「うふふ、ご期待くださいませ」

　怯えるザザに姫殿下がニコリと微笑む。そして、練兵場のど真ん中に設置されたその甕に、使用人たちは、手にした壺からドバドバと油を注ぎ込んでいった。

「じゃあ、ザザさん。浸かりましょうか」

「浸かる!?」

「ええ、魔法はイメージの世界ですから。やはり、身をもって油の感触を知る必要があると思いますの。ここから毎日油の種類を変えて浸かりながら、その粘度を再現していきましょう」

「マヂで……？」

「マヂですわ」

ザザが救いを求めるような目を俺へと向けてくる。だがスマン。俺もフレデリカ姫殿下のこの方法は理に適っていると思うのだ。

アーヴィンが溶岩を再現できるまでに相当な時間を要したのは、その感触を身をもって経験することが出来なかったから。その点、油ならば火でも着けない限り危険はないだろう。

「では、殿方は御退室いただけますか？」

「え……あ、あぁ」

笑顔で追い出された。

それはまあそうだろう。着衣のまま油に浸かるわけにもいかないだろうし。

仕方なく練兵所のすぐ傍、中庭のベンチに腰かけてしばらくすると、アーヴィンがやってきて隣に腰を下ろした。

「ザザの様子はどう？」

「気になるなら見に来ればいいのに」

「そういうわけにはいかないでしょ。あれだけ煽ったわけだし」

「まあ、そりゃそうか……一応順調かな。今日から新しい訓練を始めたし」

「新しい訓練？　あなた、相手をしてあげなくていいの？」

「いや、ちょっと男はあの場にはいられないからな……」

「はい？」

「気になるなら、こっそり覗いてみたら？」

「う、うん、じゃあちょっとだけ」

しばらくして戻ってきたアーヴィンは、ものすごく微妙な顔をしていた。

「なんか、油でテッカテカのザザが甕に浸かって、虚無の表情してたんだけど……」

「うん」

「なに……あれ？」

「特訓」

「…………特訓なんだ」

俺もアーヴィンのここまでの困惑顔は、流石に見たことがなかった。

翌日も打撃訓練の後は油風呂。

「今日はもっと粘度の高い油をご用意いたしましたわ」

真っ黒な液体がドバドバと壺の中へと注ぎ込まれていく。

「……重油じゃん⁉」

「うふふ、重油ですわ」

頬を引き攣らせるザザに、姫殿下はニコリと微笑む。

「あの……流石に危ないんじゃないですかね。皮膚呼吸的な意味で」

「大丈夫だと思いますわ。鼻呼吸的な意味で」

意訳すると『ごちゃごちゃうるせー、てめぇの鼻の穴は飾りか？』ということである。

笑顔ではあるが、姫殿下の有無を言わさぬ迫力に、ザザはあっさり抵抗を諦めた。

流石に二日目ともなると、ザザも対策はとってきているわけで、彼女は練習着の下に水着を着込んでいる。

おかげで今日は俺も追い出されることはなかったのだが、ただでさえスタイルの良いザザ、加えて油まみれの水着姿に、俺は危うく新しい性癖を発見しかけてしまった。

うん、どうにか踏み止まった自分を褒めてやりたい。

それにしても、この訓練は一見する限りただの拷問である。

それでもこの二日間で、彼女は水属性魔法で油の粘度を再現することに成功していた。

彼女は一度固形化まで成功させているだけに、性質変化のコツはわかっている。後はちゃんとイメージさえできれば、再現はできるというわけである。

絵面《えづら》は酷いが、確かに理には適っていた。

第十五章　ホントにバカなんだから

面と向かって言うつもりはないけれど、あの捻くれ者のお姫さまには一応、感謝している。

やり方はあまりにも荒っぽいが、私が心に負った傷を克服するために、彼女がこういう状況を作り出してくれたのは明らかだ。

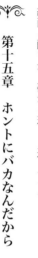

オズくんまで巻き込んだのはやりすぎだとは思ったけれど、負ければ彼がボルトン家に婿入りさせられるという状況は、私を完全に追い込んだ。負けるわけにはいかなくなった。

(勝ったら、告白するんだ！)

そして、そう決意してしまったら、もはや姫殿下に無理やり巻き込まれた戦いなどではなく、私の中で完全に彼を巡る戦いへと変わってしまった。

勝機はある。

水の粘度を自由に操れるようになった後、残りの数日は、ひたすらオズくんやシャーリー先生との模擬戦闘に費やされた。

折角身につけた水の粘度を操る技術。それをいかに戦闘に活用するか、実戦の中で運用方法を繰り返しテストしたのである。

だが、最後の最後まで相手が魔法を使う素振りを見せると、途端に硬直して動けなくなる現実を克服できなかった。

だから、試合開始直後の一瞬が勝負。

相手が魔法を使うより前に一気に勝負を決めてしまうしかない。

そして、遂に運命の日が訪れた。

ざわざわと黒山の人だかり。

放課後、アカデミー内にある闘技場には、相当な数のギャラリーが詰めかけている。

噂になっているのは知ってはいたが、流石にここまでとは思わなかった。

なんだかんだ言っても対抗戦での上級クラス二連覇のボルトン先輩。その知名度は高い。私たちにしてみれば暑苦しいとしか思えないその人柄も、一部のご令嬢の間では男らしいと人気を集めているというのだから、蓼《たで》食う虫も好き好きということだろう。

私のセコンドにはオズくんとフレデリカ姫殿下、一方、ボルトン先輩のセコンドには、彼の妹のツェツィーリエの姿がある。既に勝ったつもりか、彼女はやけに機嫌よさげにはしゃいでいた。

「思いっきりブチかましてやれ！」

「うん」

オズくんが拳を差し出し、私はそれに合わせてコツンと拳をぶつける。その隣でフレデリカ姫殿下がニコリと微笑んだ。

「あなたは、ちゃんと努力しましたから、きっと報われます」

私は小さく頷く。そして闘技場の中央へと歩みだしながら、ぐるりと周囲を見回した。

アーヴィン姫殿下は、二階席の隅にいた。

彼女は緊張しきった顔をして私のほうを眺めていたくせに、視線があった途端、興味ないとでも言わんばかりに顔を逸らす。

(本当に素直じゃないんだから……)

そして、闘技場の中央に辿り着き、私はボルトン先輩と向かい合った。

「ザザくんとかいったか……どうだ、降りるなら今の内だぞ。私も女子供をいたぶる趣味などないのでな」

「あー……まあ、そうできれば楽なんですけどね」

私は肩を竦めた後、ボルトン先輩を真っ直ぐに見据える。

「友達が私のために用意してくれた舞台だから、やるしかないんですよね」

「ふん、奇特なことだ」

公式な試合ではないから、明確な開始の合図はない。

「行きます！」

その一言と共に私が動き出し、その瞬間から試合が始まった。一歩、二歩、そしてブーツの底から油に酷似した性質を持つ水を噴き出して、私は一気に加速する。

「なっ！」

ボルトン先輩の余裕の笑みが一瞬にして凍りついた。

この速さは流石に予想外だったのだろう。氷上を滑るかのように一気に距離を詰め、私は彼の懐に飛び込むと、水で作り出したナイフで斬りかかる。

「な、なんと！」

必死に身を仰け反らせるボルトン先輩、体格の割に素早い。最初の一撃は胸元をかすって、返す一撃は空を斬った。

「うぉおおおっ！」

体勢を崩しながらも、彼は私に摑みかかろうと手を伸ばしてくる。

遅い！　シャーリー先生の打撃に比べれば、遅すぎて欠伸《あくび》が出る。伸ばしてきた手を次から次へと水魔法で弾きながら、私はがら空きになった胴を狙ってナイフを振るった。

スローモーションになった視界の中で、切り裂いた傷口から血が飛び散る。だが、浅い。かすり傷だ。

そして、先輩は背後に跳んで逃れようとした。そうはさせない。喰らいつけ！　離すな私！　魔法を使う隙を与えるな！　ここで勝負を決めてしまわねば後がない。

ギャラリーからは、どよめきに似た声が上がっている。私が優勢に攻め立てていることに驚いている。そう思えた。ギリリとボルトン先輩の奥歯の軋む音が聞こえる。

見えた！　がら空きの肩口！　そこを狙って、私は渾身の力でナイフを振り下ろした。皮膚を破り、刃が肉に食い込む生々しい感触が腕を伝って這い上がってくる。

(殺《と》った！)

そう思った次の瞬間、ボルトン先輩が私の手を摑んだ。

「ええい！　舐めるな！」

(しまった！)

刹那、ボルトン先輩の精霊力が足下へと流れ込み始める。

途端に身体が萎縮する。心臓が大きく跳ねて喉が詰まる。私の引き攣った顔を目にしてボルトン先輩がニヤッと笑った。そこに、あの双子の憎たらしい笑い顔が重なる。笑うな！

次の瞬間、石畳の床がボコッと音を立てて盛り上がり、突き出した柱が私の腹部を直撃した。

下から上へと突き上げられる凄まじい衝撃、「かはっ！」と情けない声とともに、肺の中の空気が押し出される。遅れて鈍い痛みが襲いかかってくる。喉の奥から酸っぱいものがこみ上げてきた。

あの時と一緒だ。双子に殺されたあの時と全く一緒。違うのは襲いかかってきたものの先端が、尖っていたかどうかだけだ。

「ザザァァアアッ！」

「っ……！」

吹っ飛ばされながら、オズくんの声を聞いた。

宙を舞っている時間は、ほんの一瞬のはずなのにやけに長く感じる。逆さまになった視界の中、二階席の端で姫殿下が唇を強く噛んでいるのが見えた。

（なんて顔してんのさ、お姫さまのくせに……）

そう思った瞬間、どういうわけか、急に身体が動くようになった。

（やられてたまるかぁああああああっ！）

私は、咄嗟に最大限に粘度を上げた水で身を覆う。

周囲を取り囲む観客のすぐ傍まで吹っ飛ばされ、ベチャッ！　とゲル状の液体が飛び散って、観客たちの悲鳴じみた声が響き渡った。

「ふっ、終わったな」

ボルトン先輩が、つまらなさげに鼻を鳴らす音が聞こえる。

だが――

「いたたたたっ……マジで痛いんだけど」

私が顔を顰《しか》めながら立ち上がると、先輩は目を丸くした。

「おいおい、無理するな、まともに入ったんだぞ」

「ご心配には、はいどーも。でも、この程度じゃ終わらないよ、先輩」

はっきり言ってやせ我慢。痛いのは痛い。めちゃくちゃ痛い。叩きつけられる衝撃は、粘液でほぼ完全に殺せたが、お腹を突き上げられたダメージは全く軽減されていない。でも、死んだわけじゃない。あの時とは違う。

「ぬぅ……石礫《ストーンブラスト》！」

途端に、先輩の足下で生まれた無数の石礫が、私のほうへと飛来する。でも、もう身動きできなくなることはなかった。

（シャーリー先生の拳に比べたら、遅すぎて蠅が止まるよ）

飛来する石礫を片っ端から水属性魔法で叩き落とし、私はあらためて先輩を見据える。

「くっ！　よもや、固有魔法を使わねばならぬとはな！」

「させないよ！」

私は、昨年の対抗戦で観客としてボルトン先輩の固有魔法を目にしている。範囲を指定してそこに高震度の地震を発生させる魔法だ。

私は駆け出しながら手の中に大きめの水球を生み出して限界一杯まで精霊力を注ぎ込む。そして、その精霊力の全てを粘度の上昇に充てた。

床全面に広がっていく先輩の精霊力。私は全力で床を蹴って跳躍した。

「くらえ！　アースクェ……ふぐッ！」

そして、まさに固有魔法を発動しようとしたその瞬間、粘度を極限まで上げた水球を先輩の顔面へと叩きつける。バシャッ！　と音を立てて弾ける水球。だがその液体は飛び散ることなく先輩の顔面に纏わりついた。

「ん、んぐぅうううううっ！」

私は粘液ごと先輩の顔面を摑んで、更に精霊力を注ぎ込み、必死に粘液を振り払おうとする先輩に抗う。

「んぐううう！　んんんごぁあああっ！」

口を、そして鼻を塞がれた先輩は、私の腕を摑んで必死に引き剝がそうとした。振り回される身体。だが、それこそもう、私の手を引きちぎりでもしない限り、剝がせないほどに粘度は上がっている。

「んぐう！　ごぉぉおおおああああっ！」

「おとなしくしろぉおおお！」

嵐の海で翻弄される小舟のごとくに振り回されながらも、私は絶対に手を離さない。

やがて――先輩は膝から崩れ落ちた。

重々しい音を立てて床を打つ巨体。観客席がシーンと静まり返る。

「はぁ……やっと、終わった」

先輩はシャレにならないぐらいタフだった。普通ならもっと早く動けなくなっている。魔法を解いて、私がへなへなと尻餅をつくと、周囲から弾けるように歓声が上がった。

「お兄さまっ！　お兄さまっ！　なんて無様な！　もう、ワタクシの婚姻をどうしてくれますのよ！　お兄さまの馬鹿っ！」

先輩の傍へと駆け寄った妹――ツェツィーリエ嬢はこめかみに青筋を浮かべて、甲高い声で喚き散らしている。

(あはは……あんなのにオズくんを奪われなくて、本当に良かった)

思わず肩を竦めると、私の上に影が落ちた。ゆっくりと顔を上げるとそこには、ニッと白い歯を見せるオズくんの笑顔があった。

「お疲れさん！　頑張ったな」

その瞬間、あらためて確信した。

ああ、やっぱり私、オズくんが大好きなんだなって。


気絶したままのボルトン先輩が医務室へと運び出されてしばらく経つと、観客も三々五々に去っていった。

いつのまにか、闘技場にいるのは私とオズくん、それに姫殿下の三人だけになっている。

「ごめんな、ザザ。めちゃくちゃ迷惑かけちまったな、この我が儘姫さまのせいで」

「あはは……」

「誰が我が儘姫よ、誰が！　全部私の計算どおりじゃない。あのうっとうしいボルトン家の娘も遠ざけられたし、ザザも心の傷を乗り越えられた。感謝されこそすれ、我が儘呼ばわりされる覚えは、これぽっちもないわ」

「……ほんといい性格してるな、おまえ」

「うふふ、もっと褒め讃えなさい」

「褒めてねぇよ！」

気安いやりとり。身分の差はあってもオズくんと姫殿下の間には壁がない。

それに比べると彼と私との間には、まだ大きな距離があるように思えた。

姫殿下が羨ましかった。オズくんが姫殿下を見る優しい目、そんな目で私のことも見てほしかった。だからもう、溢れ出たとしか表現のしようがないのだけれど――。

「オズくん……私、オズくんが好き、好きなの」

――脈絡もなく、そんな言葉が口を突いて飛び出した。

彼は、物凄くびっくりした顔をしていた。全く想像もしていなかったとでもいうように。

ちょっとムカついた。かなり好き好きアピールしてきたと思っていたのに、彼には全く届いていなかったのだ。鈍感にもほどがある。

一方の姫殿下の表情、あれはなんだろう。よくわかんない表情をしていた。怒っているような、喜んでいるような、あといくつかの感情が入り交じったような、そんな顔。

でも、放たれた言葉はもう取り返しがつかない。

「……彼女になりたい」

私が袖口を摑んでそう訴えると、彼の表情は戸惑いから、苦しげなものへと変わり、やがて小さく息を吐いて、呻くようにこう言った。

「……ごめん」

袖口から指を離すと、彼は静かに背を向ける。ちらりと姫殿下と目を合わせる彼の姿。私、自分が偉いと思う。去っていく彼の姿が見えなくなるまで泣くのを我慢できたから。

「あーあ、フラれちゃった。ざんね……う、うっ……うぇぇ……」

冗談めかして姫殿下に笑おうとしたのに、溢れ出る涙は止められなかった。

気管が詰まったようで息苦しい。嗚咽が止まらない。ああ、本当に好きだったんだなと、あらためて理解した。でもこの思いはもうどこへもいかない。

姫殿下が、そっと泣きじゃくる私の頭を抱きしめて囁いた。

「……ほんとにバカなんだから、あなたもあいつも」

第十六章　友達が女に変わる時

「アーヴィン？」

寝室に現れたのは、今夜ベッドを共にする番のシャーリーではなく、アーヴィンだった。

だが、彼女は制服姿のままで、夜の順番を代わるとかそういった雰囲気ではない。それだけで彼女がわざわざここへ来た理由に大体の想像がついた。

「あれでいいと思ってんの？」

彼女は扉の前に立ったまま、咎めるような目つきでベッドの上の俺を見据える。

「仕方ないだろ。俺にはもう二人も奥さんがいて、正体もバレるわけにはいかないのに、それを隠したまま恋愛ごっこなんて器用な真似できるかよ」

「でも、付き合うふりをすれば、今の求婚ラッシュは止められるわよ？」

「ザザを盾にすればってか？　冗談じゃない」

俺がじっと見据えると彼女は「はぁ」と溜め息を吐いた。

「まあ、そうよねー。あなたはそう考えるわよねー。でも、ザザのこと惜しいと思ってるでしょ？」

「う……そ、そりゃそうだろ。俺だって男だぞ。彼女は明るくて話しやすいし、顔も可愛いし、スタイルも良くって、おっ――」

「おっぱいのこと言ったら殺すわ」

危うくアーヴィンのフラットな胸部に視線を向けかけ、俺は慌てて目を背ける。

「おっ……おっさんくさいところも……あります」

「ありますじゃないわよ！　ほんと肝心なところでヘタレるんだから……」

逆ならともかく、浮気をしなかったことを責めるようなニュアンスに、俺としては首を傾げざるを得ない。

「まあいいわ」

そして彼女は、あきらかに俺ではない誰かに呼びかけた。

「聞こえたでしょ？　入っていらっしゃい」

アーヴィンがそう口にすると、彼女の背後で扉が開く。恐る恐るといった様子で寝室に足を踏み入れる女の子。そこには髪の色と同じ赤い夜着に身を包んだザザの姿があった。

「ザ、ザザ……!?」

思わず目を丸くする俺に、ザザは強張った表情でその場に跪く。

「も、申しわけございません。わ、私、まさかオズくんがオズマさまの生まれ変わりだなんて思いもしなくて……み、身の程知らずにも気安く……お、お許しください！」

床に額を擦りつけんばかりのザザに、俺は慌ててベッドから立ち上がる。

「ちょ……ちょっと待って！　お、おい、アーヴィン！　ど、どういう!?」

アーヴィンは呆れ果てたと言わんばかりに肩を竦める。

「ザザ……詫びに来たわけじゃないでしょ！　それにあなたも！　どういうことかぐらい察しなさいよ！」

「察しなさいって……」

俺はあらためてザザに目を向ける。

赤く火照った頬、シースルーの夜着の下に透けたやたらセクシーな赤い下着。

「旦那さまの勘違いは、賢い妻としてはちゃんと正しておかないとね」

「勘違い？」

「そう、この国はあなたが好きなだけ子作りできるように創られた王国よ。あなたが惜しいと思ってて、ザザもあなたが好きだっていうなら、諦めなくちゃいけない理由なんて、どこにもないでしょう？」

「ア、アーヴィンは……お前は、それでいいのかよ！」

「正直に言えば、あなたの傍にいる女が増えるのは良くはないわ。でも、どうせお母さまもっとたくさん娶らせようとするでしょうし、どうせ増えるなら……その……と、友達のほうがずっとマシだもの」

思わず、ザザと顔を見合わせる俺。

「なによ、その顔！」

「ほんと……優しいな、アーヴィンは」

「うん……じゃなくて、はい！」

俺とザザが思わず微笑ましいものを見るような目をすると、アーヴィンはジタバタと足を踏み鳴らす。

「なっ！　ち、ちがっ！　あなたがヘタレすぎて見てらんなかっただけよ、バカ、ヘタレ、グズ、このグズマ！」

「グズマって……」

俺は大きく溜め息を吐くと、あらためて跪いたままのザザへと目を向ける。

「その……ザザ、ザザはいいのか？」

「は、はいっ！　こ、この身をオ、オズマさまに捧げられるなら、お、お傍においていただけるなら、その、あ、ありがたきし、しあわせで……そ、その……」

「頼むから普通にしてくれ。実際、そんな偉そうなもんじゃないんだってば。いままでどおりのオズでいいから……」

「え……でも……」

ザザは戸惑いながら探るような視線をアーヴィンへと向ける。すると彼女は苦笑しながら頷いた。

「本人がいいって言ってるんだから……いいに決まってるでしょ」

すると、ザザは二度大きく深呼吸したかと思うと、いきなりむくれたような顔をする。そして、一気に捲し立てた。

「もーなんなのよ！　意味わかんないってば！　伝説の大英雄の生まれ変わりだとか、姫殿下やシャーリー先生にも手を出してるとか、斜め上にも程があるでしょ！　まあ、それでオズくんの常識外れっぷりにも納得いったりもしたんだけど！」

「お、おう……」

「でもね。姫殿下から、オズくんの秘密を知ったら後戻りできないって言われたけど、それでも知りたくて。聞いた後も全然後悔とかなくって……わかったんだよ。大英雄だとか、そんなのはどうでもいいぐらい、私……オズくんのこと好きなんだなって」

そして、彼女はじっと俺の目を見つめた。

「オズくんと一緒に居たい……オズくんのモノにしてほしい」

ザザが静かに俯くと室内に沈黙が舞い降りた。

「じゃあ、あとは二人でゆっくり話し合ってよね」

沈黙に耐えかねたかのようにそう言い放つと、アーヴィンは足早に部屋を出ていく。

後に残されたのはザザと俺。なんとも気恥ずかしい空気が漂っていた。

「ほんと、姫殿下って……不器用だよね」

「ああ、不器用で優しいんだ」

俺は、床に跪いたままのザザに手を伸ばす。

「もう、良いのかとは聞かないからな」

「うん」

ザザをベッドの上に引き上げ、俺たちは正座する形で向かい合った。

だが、いざ行為に及ぶのだと思うと、何とも言い難い恥ずかしい空気が二人の間に漂う。

クラスメイトの気の置けない友人。そう思っていた彼女が、下着が透けて見えるような薄い夜着を纏って瞳を潤ませている。

普段の元気一杯な彼女の姿が脳裏を過って、そのギャップにますます彼女が女であることを意識させられた。

「……そ、それじゃあ」

俺がそう囁きかけると、ザザはコクンと頷いて、自らシーツの上に横になる。

戸惑いがないわけではない。だが、彼女を抱きたい。自分のモノにしたいという感情に嘘いつわりはなかった。

シーツに片手をついて身を乗り出し、彼女の唇に軽い口づけをする。続けて顎と首筋にも唇で触れた。そのたびに、彼女がビクッビクッと、敏感に身体を震わせる。

「なんだか……キスされたところ……熱い」

普段、陽気な彼女がうっとりした顔で熱っぽい息を吐く姿。そのあまりの可愛さに暴走しかけて、俺は必死に獣欲の手綱を引き絞った。

「ふぅ……」

ゆっくり深呼吸をしてから、あらためて彼女を見下ろす。

シースルーの赤い夜着に透けるフリルをふんだんに使った同じく赤い下着姿、薄くて細いウエストの上に形のよいおヘソがちょこんと居座っていた。

「ぁ……」

夜着の上から形のよい膨らみに触れると、彼女が微かに声を漏らす。

シャーリーとも、アーヴィンとも違う手触り。サイズを比較すればシャーリーよりは小さいが、その分、中身がギュッと凝縮しているような、そんな感触。

俺は慌ただしく夜着を捲り上げ、ブラを上へと押し上げる。穢れを知らない薄桃色の蕾を目にして、居ても立ってもいられず、その先端に吸いついた。

「んぁっ!?」

たったそれだけで、ザザの口から鋭くもはっきりと官能を帯びた喘ぎ声が迸《ほとばし》る。

普段の屈託のない笑い声に今の艶声が重なって、背筋にゾクゾクと電流が走った。もっと、もっと良い声で鳴かせてやりたい。彼女の艶っぽい喘ぎ声を聞いていたいと、生々しい欲望が溢れ出す。

「んあっ、あ、あ、あぁん、オ、オズくんっ、ああっ、そんな、いきなりぃ……」

欲望のままに薄桃色の突起を舌先で転がし、夢中になって両手で胸の膨らみを揉みしだく。

「つあああっ！　そんなに強く吸っちゃ……んぁ！　つあぁぁあぁぁん！」

俺の手の中で歪《いびつ》にゆがむ白い肉鞠。彼女は俺の頭を抱え込んで、その手で俺の髪をグチャグチャに乱していた。

気が済むまで彼女の乳房を楽しんで、俺は乳首から口を離す。

はぁはぁと荒い吐息を洩らしながら見下ろすと、涎まみれになった二つの美乳。しかも、赤ん坊の頬のように汚れ一つなかった白い肌には、赤いキスマークが点々と刻みこまれていた。

「はぁ、はぁ、オズくぅん……」

俺以上に息を乱したザザが、切なそうに潤んだ瞳でこちらを見上げている。

形も良く大きめな乳房からあばらの形が窺える胸の下、そして細く薄いウエストラインへと指先を滑らせた。

シャーリーの筋肉質な腹筋、アーヴィンの女性的な肉づきとはまた異なる薄い脂肪の感触。柔らかくも細く括れた柳腰は、本当にこの中にちゃんと内臓が全部入っているのかと無用な心配をしてしまうほど。

俺は身を下へと滑らせて、両手でウエストを撫でまわしながら、舌を突き入れるように可愛いおへそを舐め始める。

「ふみゃぁぁあぁ!?」

流石におへそは予想外だったのだろう。彼女は猫みたいな声を出して身を捩った。相当くすぐったかったらしく、手で俺の額を押し退けようとするが、逃がしてやるつもりはさらさらない。

「や、そんなとこっ、ひっ、あ、あんっ、あぁっ……」

腰骨をがっしりと掴んで、執拗におへそを責め立てると次第に喘ぎ声が甘く蕩け始める。

ザザの身体は、どこもかしこも敏感だった。

おへそを抉るタイミングに合わせて薄い腹筋がビクビクと震え、彼女が喘ぐ呼吸に合わせてあばらの陰影が艶っぽく変化する。

そんな魅惑的な光景に興奮を煽られて、俺は鼻息も荒くショーツへと手を伸ばした。

薄桃色に上気した肌に色っぽい深紅の下着が艶めかしい。思わず喉が鳴る。俺は大きく生唾を呑み込んでから、その下着をスルリと脱がした。

薄く色づく太股の交差点に黒い叢《くさむら》、ちゃんと手入れされているのは、この瞬間を想像してのことだろうか。

「あぁん……やっ……」

少し力を入れると、彼女は大した抵抗もなく両脚を開いた。未だ男を知らぬ秘密の園。ぴっちりと閉じた薄い大陰唇は、うっすらと濡れている。

(痛くないように、もっと濡らさないとな……)

俺は太股の間に顔を突っ込んで、彼女の敏感な箇所にキスをする。

ぴったりと閉じた牝裂に唇が触れると――、

「ひゃうぅ!?　ダ、ダメぇ！　そ、そんなところ汚いからっ、ぁあああっ！」

ザザは、雷にでも撃たれたかのように全身を鋭く震わせた。

想像以上の敏感さ。これだけリアクションが大きいと、責める側としてはとても楽しい。両手で彼女の細い腰を掴み、逃げられないようにして、俺は思いっきり舌を躍らせ始めた。

「あ、あぁあっ！　ダ、ダメだってばぁああ！　ひっ！　あぁあああっ！」

ぴっちりと閉じた大陰唇の割れ目をなぞって舌を上下させ、ヒダヒダを捲って奥へと続く穴を探り当てる。

「ひあっ！」

舌先を尖らせて膣孔へと挿し入れた途端、まるで地震でも起こったかのように彼女の身体が縦に大きく跳ねた。

「や、だめっ、は、はずかしいってばぁ……」

拒むように、柔らかな太腿が俺の顔をきゅっと挟み、手が俺の額を押し返そうとした。だが、そんなことで昂り切った男が止まるわけがない。

「やっ！　だめっ！　だめぇぇ！　ああっ、そんなところ、ああっ！　あぁん！　やぁん……」

鼻先をチクチクと刺激する陰毛。一心不乱に舌を躍らせると、次第に彼女の声は甲高く、そして、そんな声のトーンに合わせるように身が仰け反って、腰が浮き始めた。

「あぁっ……らめらっればぁ……」

声は次第に弱々しく蕩け、ビクンビクンと肢体が脈打つたびに、窪みの奥から熱い蜜液が溢れ出る。鼻孔を満たす牝の芳香。益々昂って股間が痛いほどに滾《たぎ》った。

もう我慢できない。

俺は身を起こすと、慌ただしくズボンごと下着を脱ぎ棄て、ザザの開いた股間の間に両膝をついた。

「え、えっ……オ、オズくん？」

ずっと、俺の為すがままに身を任せていた陽気なクラスメイトの顔に怯えの色が浮かぶ。彼女の視線を目で追うと、それは天井を向いて反り返る自分の股間へと辿り着いた。

「……怖い？」

「だって、そ、そ、そんなに……大きいって思ってなかったから……」

勃起した男のモノを初めて目にした女の子としては、極々当たり前の反応だろう。こんなもので身を貫かれるのだと思ったら怖くて当然だ。

「だ……大丈夫かな。そ、その……ちゃ、ちゃんと入る……かな」

だが、どうやら彼女は怯えているというより、ちゃんと最後までできるのかどうかを心配しているらしかった。

「心配しなくても大丈夫。これからザザのここを俺専用の形に変えていくんだから……」

「オズくん専用……」

そう呟いた途端、彼女の顔がボッと音を立てて、湯気が立ちそうなほどに深い朱に染まる。

「いまから……ザザを俺のモノにするから」

目を見つめてそう告げると、彼女は目尻に涙を浮かべてコクリと頷いた。

「うん……私、オズくんのモノになりたい」

そのいじらしさに、優しくしてやらなくてはという思いと、思う存分に彼女を味わいたいという獣欲がせめぎ合う。

逸物を摑んで位置を合わせ、ゆっくりと押し当てる。

「んっ……」

先端に潤んだ肉の感触、ザザの息を呑む音が鼓膜を微かに震わせた。彼女は強く顎を引き、口元を握りしめた拳で隠しながら、下唇を強く噛み締めている。

だが、先端を押しつけるも、恐怖に強張った肉裂は、異物の侵入を拒んだ。

「ザザ、力を抜いて……大丈夫、俺を信じてくれ」

「う、うん……すーはーすーはー」

深呼吸する音とともに、身体の強張りが弛む。あらためて「じゃあ行くよ」などと宣言してしまえば、身構えてしまうことだろう。だから俺は、不意打ち気味に腰を突き出した。

「いぎっ!?　い、いいいっ……!」

見開かれる目。必死の形相。ザザが歯を噛み締めながら呻く。信じてくれといいながら、いきなり不意打ちを食らわすのだから、我ながら酷いとは思う。

狭隘な肉洞に膨らみ切った亀頭が潜り込んで襞を捲り上げると、彼女の指先が必死に宙を掻いて、そのままシーツを強く握りしめた。やはり相当の痛みがあるらしい。

だが、ここで止まってしまえば、痛みを長引かせるばかり。そう頭で割り切って、俺は腰に力を込めると、漲る牡の衝動を前進させていった。

ぷにっと柔らかな牝裂が、グロテスクな肉竿に左右へと押し開かれていく光景。痛いほどの圧迫感、皮が引っかかって引き攣るような感触があった。

「ぐっ、あぁあぁあっ……ふ、太いっ、裂けちゃう、私、裂けちゃうよぉ……」

ザザの眉根が寄って、眉間に皺が刻まれる。肉槍が胎道の半ばを過ぎたところで、彼女が苦悶の表情を浮かべながら、その細い身体を弓反らせた。

「あっ！　ぁあああああああああっ！」

処女膜を破った、その明確な感触はわからなかった。だが、間違いない。クラスメイトの明るい女の子、それを自分の『女』にした瞬間である。

そして、そのまま肉棒を一気に奥まで突き入れた。

ゴム質の粘膜帯が尚も、俺の侵入を拒む。それでも力ずくで肉棒の根元までを彼女の胎内に納めてしまうと、俺は思わず大きな吐息を洩らした。

「大丈夫？」

覆いかぶさるようにしてそう尋ねると、彼女はコクコクと震えるように頷いた。

涙目で恐怖に慄くような表情のまま。自分でやっておいてなんだが、とても大丈夫そうには見えない。

脂汗の浮いた彼女の額を指先で拭い、髪を撫でると、彼女はどこか恨めしげな声を洩らした。

「シャレになんないぐらい痛いじゃん……死ぬかと思ったよ」

色気の欠片もない発言ではあるが、本心なのだろう。裏表のない実にザザらしい発言といえる。

だが、まだ挿入を果たしただけ。セックスはこれからなのだ。

俺はザザの顎を指先で摑むと、優しく顔をこちらに向けさせる。

「え……オズくん？　んんっ!?」

そして、再び唇を重ねた。

問答無用で唇を割って、舌を差し入れる。舌で舌を搦《から》めとると、「んんっ!?」と声を漏らしながら、細身の身体がビクッビクッと震えた。

積極的に舌を絡め続けていると、ザザもおずおずと応じてくる。可愛らしい舌先が懸命に動きを合わせ、己の舌に絡みついてくる健気さに、後頭部がジンと痺れるような感覚に襲われた。

(あ、あれ？　ザザって……こんな可愛かったっけ？)

健康的な美少女、そんな印象だった彼女が甘えるような吐息を洩らしながら、健気に舌を絡めてくる。気持ちいいのはもちろんだが、そのギャップが更に俺を昂らせた。

室内に二人の熱い息遣いと淫靡な水音だけが響いている。

しばらく互いの舌を貪りあっているうちに、いつの間にか彼女の身体から過剰な力みが消えていた。

(そろそろ動いても大丈夫かな？)

俺が唇を離して、身を起こそうとすると、ザザの両手が俺の首筋を抱え込む。

「やぁん……キスやめちゃやだぁ……もっとぉ……」

そのまま彼女のほうから唇を重ねてきた。これまでずっと受け身だった彼女が見せた意外な積極性に、俺は思わず目を丸くする。だが、もちろん嫌ではない。むしろ大歓迎だ。

俺はあらためて彼女の頭を抱きかかえながら、より深く舌を差し入れた。そして、互いの舌を貪り合う陶酔の中で、ゆっくりと腰を動かし始める。最初は揺するような小さな動き。

「んんっっ!?」

途端に、濃密に口内を蠢いていた彼女の舌の動きが止まった。

「あ、あぁっ、あっ……オズっ、オズくぅん……」

唇を離した彼女は、唇同士を唾液の糸で結んだまま甘い声で鳴く。俺はそんな彼女の唇を塞ぎ直し、すぐに舌を搦め捕った。

「んんぅっ、ふぅううぅっ……」

彼女の喘ぎ声を口内に呑み込みながら、肉食獣のように舌を貪り、ゆっくりと腰を動かし続ける。

身体同士が密着した状態なだけに、大きなストロークにはならない。突くというよりは、彼女の胎内に埋まったペニスを馴染ませるように揺する。そんなイメージ。

もどかしさはあるが、今まさに一つになっているのだという、そんな一体感があった。

「ふっ、うぅん、ん……っ、はぅん」

動き始めると同時に寄った眉根も次第に解《ほど》けて、辛そうだった息使いも、少しずつ甘い吐息へと変わりつつある。

ふやけるほどに互いの舌を貪りあった後、俺はゆっくりと身を起こした。

「セックス……しちゃってるんだね。なんだか……信じられない……」

朱に染まったザザの肌は、今では香油を流したかのように官能の汗で艶っぽく濡れ光っている。

こんな姿を見せられたら、いつまでももどかしい腰使いを続けてなどいられない。

「ザザ、もう少し激しくするよ」

「うん……オズくんの好きにしていいから」

抜けるギリギリまで腰を引いて、一気に突き込む。

「ひぁああっ！」

そこから俺は、ストロークを大きく、激しく突き込み始めた。

「あ、あ、あ、あ、あ、あっ、つっ！　あぁ！　あんっ、あんっ、あ、あ、あっ！」

腰の動きに合わせて、ザザの喘ぎがリズムに乗る。大きく弾む胸が凄く魅力的で、正常位で交わりながら、俺は思わず彼女の胸を強く鷲摑みにしていた。

「あぁん、むねぇ、強くしちゃ、いやぁ、あんっ、あ、あ、あ、あ、あっ、あんっ！」

先端がひと際強く最奥を叩くと、ザザが喉を反らして仰け反る。まだ痛いだろうとは思う。でももう手加減をしてやれるような余裕はどこにもなかった。

もっと、もっと、もっと、もっと、ザザのこの美しい肢体を味わいたい。

そんな欲望が、俺に新たな体位を求めさせた。

「え、な、なに、あんっ、そ、そんな、あんっ……」

身体を繋げたまま、俺は彼女の両脚を掴んで前へと倒す。お尻が天井を向くような二つ折り。まるで後転の途中で動きを止めたかのような体勢だ。これならもっと深くまで突き込める。

俺が垂直に腰を落とすと——、

「ひぃいいいいんっ！」

ザザが顎を仰け反らせて、悲鳴じみた声を上げる。

奥まで届くどころか、子宮を押し潰すような暴力的なストローク。先端が子宮口にはまり込んだような感覚。あまりにも深い一体感に、背筋を電流が駆け抜けるような快感があった。

「くっ、あぁぁ……深いぃいいい……」

半開きになった彼女の唇、その端から、だらしなく涎が糸を引いて滴り落ちる。弛み切った官能の相、既に快感が痛みを凌駕しているに違いなかった。

（もう、大丈夫そうだな）

ここまでくれば何の遠慮もいらない。俺はザザの最深部に己の肉杭を打ち込んだ状態で、小刻みに腰を動かし始める。

「ひっ、ひぃいいっ！　そ、それ、ダメっ！　す、すごいの、あ、あ、あ、あっ！」

深く食い込みあった先端部がザザの最奥を擦り上げ、鋭い快感が二人の背筋を滅多刺しにした。

「んあぁぁぁ！　な、なにこれぇ、す、すごいよぉおお！　あああぁぁ！　オズくぅん！　オズくぅん、おかしくなるっ、おかしくなるぅううう！」

ザザが快感を堪えるようにイヤイヤと首を振る。形の良い乳房が快感のせいで小刻みに震え出し、膝の裏側を摑まれている両脚も、つま先がピンと張り詰めていた。

（もっと、もっとだ！　もっとこの女を乱れさせたい！）

締まりの良すぎる処女の蜜壺、その上、こんなに良い声で鳴かれたらもう堪らない。腰の奥で渦を巻く熱い塊が性衝動となって、俺の身体を激しく衝き動かした。

俺は大きく腰を引くとそのまま激しくピストン運動を開始する。彼女の上で跳ねるように腰を引き、叩きつけるように奥を突き込んだ。

「ひぃっ！　あ、あ、あ、あ、あぁあああっ！　や、あ、あんっ、ああああああああっ！」

いきなりの火を噴くような抽送に、ザザは激しく身悶える。

「んあぁあぁ！　オ、オズくん！　へん、わたし、へんなのっ！　お、奥、突かれるたびに……んはあぁあぁ！　頭の中真っ白になってっ！　やぁ！　こんなのって！　こんなのってぇえええ！　あぁああああっ！」

無意識なのだろうが、ザザの手がベッドをバンバンと叩く。逃れようのない快感に翻弄されている。俺の眼にはそう見えた。

それでも容赦はしない。俺は蹴り上げるように暴れる脚を押さえ込んで、更に激しく腰を叩きつけた。

「あぁあっ！　あぁああぁっ！　ら、らめぇ、お、おじゅくぅん……あんっ、ひんじゃう、ひんじゃうぅうう」

次第にザザの反応が弱々しくなる。声は擦れ、呂律も怪しい。どこか目の焦点も合わなくなってきているように思えた。だが、限界が近いのは俺も変わりがない。腰の奥で渦を巻く熱

い欲望がここから出せと騒いでいる。下腹に鈍い痛みを感じるほどに滾《たぎ》っていた。

「ザザ、イクよ！」

「うん、きてぇ、あらひのなかにらひてぇ……あらひれ、ひもひよくなってェ……」

恍惚とした目つきで弱々しく呻くザザ、俺は一際、強く腰を打ち込み、全力で彼女の太股を引きつける。

そして、膨らみ切った肉先が再び子宮にズブッと嵌まり込んだ快感に、俺は思わず顔を顰めた。

「くっ！」

その瞬間、堤が決壊するかのように、熱い奔流が尿道を駆け上がり、快感の波が襲い掛かってくる。自分の全てが溶け出して、魂ごと彼女の中へと溢れ出すような壮絶な解放感。

ギュッと瞼を閉じていても、その裏側が脈動に合わせて明滅するほどの、凄まじい愉悦の閃光が弾け続けた。

「ひぁっ！　ぁあああああっ！　れてるっ！　あちゅい、おなかあちゅいいいぃいい！」

その瞬間、彼女の肢体がビクビクビクッ！　と、激しく痙攣する。ギュッと目を瞑《つむ》ってシーツを握りしめるザザ。彼女の膣肉が精を搾り取ろうとするかのように強く引き締まった。

彼女も達している。

二人を翻弄する快感の荒波の中、彼女の内側で何度も何度もペニスが脈動して精を吐き出し続けた。

「ふぅ……ぁ……」

膣内に全てを吐き出し終えると、俺は精根尽き果てたと言わんばかりに、彼女の上へとその身を落とした。

二人の荒い息遣いが違うリズムで部屋の中に響く。一つに混じり合っていた魂が二つに戻った、そんな気がした。

ザザの指先が俺の髪を撫でる。

「うふふ……オズくんのモノにされちゃった。言っとくけど、返品は受け付けないからね」

官能に弛んだ事後の表情のままに、彼女がうっとりと微笑む。俺は気だるさの中で顔を上げ、吸い寄せられるように彼女とキスをした。

唇を深く重ねあい、愛おしむように舌を絡めあう。

そして舌先から溢れ出す心地よさに、再び、股間が強張っていくのを感じた。

第十七章　クレイジーお嫁さんハーレム

密室で繰り広げられるお二人の痴態。ドアの隙間に顔を寄せたワタクシたちは、頭の上に頭を重ねるようにして、それを拝見しておりました。

「どうやら終わったみたいね」

姫殿下の呟きに、シャーリーさまが小さく頷かれました。

「一旦は……ですが」

「それはそうです。オズマさまが一度や二度でご満足なさるわけがございません」

覗きとは実にはしたない行為ではございますが、一応正当化できる理由はございます。

姫殿下にはご自分が強引にザザさまを引き込んだので最後まで見届けねばならないという口実がございますし、シャーリーさまは本来なら今夜は自分の番だったのに、無理やり姫殿下がザザさまを割り込ませたという、ぶつけどころの実に難しい不満を理由にできます。

尚、ワタクシ――ジゼルは、ただの野次馬でございます。正当化できてないじゃないかというご批判は、一切受け付けませんのであしからず。

「しかし、姫殿下が、自らオズマさまに新たな女性をあてがうなんて……いったいどんな心境の変化でございましょうか？」

ワタクシのその問いかけに、姫殿下はぶっきら棒にお答えになります。

「仕方ないじゃない。お母さまはまだまだオズマに妻を増やす気だもの。どうせ、増えるなら裏がないってわかってるザザのほうがずっとマシってだけよ」

すると、シャーリーさまが唇を尖らせました。

「増やすのはかまわないのですが、ご自分の番を譲ればよろしいではございませんか、どうして私の番に捻じ込まれるのですか」

「た、たまたまよ！　もし今日が私の番だったとしても変わらないから」

「では、明日は私にお譲りください」

「それは断る」

「どうしてですか!?」

姫殿下の相変わらずの我が儘っぷりに、シャーリーさまが詰め寄る素振りを見せたのとほぼ同時に、ワタクシがお二人に向かって唇の前で指を立てました。

「お静かに、二回戦が始まりましたので」

そうなのです。お二人が下らない言い争いをしておられる間に、オズマさまとザザさまは再び愛し合い始めておられたのです。先程までの正常位から身を起こして、オズマさまが胡坐を掻き、座位でザザさまを貫いておられました。

「抜かずの二発目でございます」

ワタクシがそう申し上げると、姫殿下がゴクリと喉をお鳴らしになりました。

「きょ、強烈ね。下からガンガン突いてる……」

「はぁ……あんな突かれ方をされたら、女はひとたまりもございません。流石は旦那さまです」

必死に平静を装っておられますが、シャーリーさまは切なげに内ももを擦り合わせ始めておられます。流石は女騎士、伊達にスケベ界隈からの需要が高いわけではございません。

「我慢できないようでございましたら、お交ざりになってはいかがです？」

見かねてそう申し上げた途端、シャーリーさまは真っ赤になって声を荒げられました。

「ば、ばかもの、そ、そんな破廉恥なことできるか！」

「覗いてる時点で大概破廉恥だと思いますけれど？」

すると、今度は姫殿下が話に割り込んでこられます。

「だとしてもダメよ！　初体験の時くらい、二人きりにさせてあげないと」

「オズマさまは、お気になさらないと思いますが？」

「ザザが気にするでしょ！」

ふむ、人間とはなかなか面倒なものでございます。

「それでは明朝、あらためてということでいかがでしょう？」


「旦那さま、朝でございます。お目覚めください」

しっとりとしたシャーリーの声と共に、小さく身体が揺すられる。

「んっ、んんっ……もうちょっとだけ寝させて……」

俺がそう答えて、寝返りを打つと、クスリと笑うザザの声がした。

「オズくん、かわいいっ」

「あなたたち二人ともコイツを甘やかしすぎなのよ」

アーヴィンのその一言に、シャーリーが呆れ声を漏らす。

「姫殿下は、旦那さまに甘やかされすぎだと思いますが」

「そ、そんなことないわよ！」

「はいはい、じゃあ、シャーリー先生やっちゃってください」

最後にザザの苦笑い気味の声が聞こえたかと思えば、身体を仰向けにされて、むにゅうっ、と柔らかなものが顔面を覆った。

「はい、旦那さま。旦那さまの大好きなおっぱいですよー」

「んぷっ、んんっ……」

その素晴らしい感触に俺は寝ぼけた頭のまま、左右に顔を振って顔全体を包みこむ、蕩けるような感触を楽しむ。

（おっぱい、おっぱい……最高）

感触の素晴らしさもさることながら、息を吸えば石鹸の清々しい芳香が鼻腔を満たした。

やがて、顔を覆っていたものが離れて視界が開けると、ゆさっと重たげにぶら下がる二つの乳房と、シャーリーの優しい微笑みが現れる。

「おはようございます、旦那さま」

四つん這いで俺に覆いかぶさった全裸の女騎士が、わずかに首を傾げながら微笑んだ。その左右には同じく全裸のアーヴィンとザザがにこやかに微笑んでいる。

「あ……ああ、みんな、おはよう」

窓から差し込む陽の光は、かなり高い位置からのもの。朝というよりは既に昼近いのだと思う。

「おっぱいで目覚める朝はいかがですか？」

「良い一日になりそう」

俺が苦笑気味にそう口にすると、ザザがはしゃぐように口を開く。

「じゃあ、毎日、奥さん三人交代でこうやって起こしちゃおうか？」

（おい、やめろ。誰とは言わないけど一人、頬を引き攣らせたヤツがいるから！）

「そ、それはそうと三人揃ってどうしたの？」

すると、三人が意味ありげな視線を絡ませ合う。そしてアーヴィンがこう宣言した。

「第一回、オズマの妻親睦会を開催します。メインディッシュは旦那さま、異論は認めません」

「は!?」

思わず目を丸くする俺をよそに、ザザとシャーリーがパチパチと手を叩く。

「あなたも奥さんたちが仲いいほうがいいわよね？」

「あ、いや、そりゃそうだけど」

戸惑う俺の鼻先に、アーヴィンが指を突きつけてきた。

「じゃあ、大人しくメインディッシュになってなさい！」

意味がわからない。早くも尻に敷かれる気配が濃厚に漂っている。

「じゃあ、早速、今日のミルクを搾ってしまいましょう」

そう言ってシャーリーは俺の上から退くと、朝勃ちを握りしめて扱き始める。

「今日も寝起きから元気いっぱいですね。昨晩あんなにザザさんを可愛がっておられたのに……旦那さまのタフさにはいつも驚かされます」

「シャーリー！　独り占めしないでよ。あたしたちだって旦那さまに朝のご奉仕するんだから！」

アーヴィンが抗議すると、ザザがうんうんと頷く。

「仕方ありませんね。それでは三人一緒に……」

「え、ちょ、ちょっと……」

三人は頷き合うと、戸惑う俺にお構いなく、三方から下半身へと顔を寄せる。そして、それぞれにそそり勃つ逸物に舌を這わせ始めた。

「んっ、れろっ、れろっ……はぁ、旦那さまぁ」

中央でシャーリーが先端に口づけると、左右からアーヴィンとザザがもどかしげに幹へと舌を伸ばす。

「ああん、はしたないけどち○ちん、エッチな味がして美味しい……ずっと舐めてたくなっちゃう、れろッ、れろれろれろッ……」

「はぁはぁ、逞しくてぇ、舐めてるだけなのにドキドキする……んれろっ、オズくぅん、ぺろ、れろっ、れろれろれろれろっ……」

「ぐっ！」

三枚の舌が肉竿全体を這い回る。

シャーリーが先端を食い占める中、アーヴィンが表を舐めればザザが裏筋を舐めればアーヴィンが表をというように、二人は阿吽の呼吸で絶妙の連係を繰り出していた。

「シャーリー、先っぽばっかり舐めてずるいわ、代わりなさいよぉ」

「しかたありませんね……」

シャーリーが譲るとアーヴィンは機嫌良さげに、先端を咥え込んで頭を上下させ始める。その動きに追いやられるようにザザとシャーリーは南下、二人はそれぞれに左右の玉袋を口に含んで飴玉でもなめるかのように舌で転がし始めた。

「ぐっ……そ、それヤバい。気持ち良すぎる」

肉棒と二つの玉、それを同時に刺激する極上の奉仕に、思わず快感の吐息が洩れる。

「はぁはぁ、オズくんのタマタマ、蒸れていやらしい匂いするぅ……れろっ、れろれろッ……んれろッ、れろれろれろれろッ……」

ザザが酩酊したかのような口調でそう口にすると、シャーリーが興奮気味に頷いた。

「ええ、それに……ここに子種が沢山詰まっているのだと思うと、胸がドキドキしておかしくなってしまいそうです……んちゅ、ちゅううううッ……」

そんな二人に負けじと、アーヴィンの口淫奉仕も激しさを増し、じゅぶじゅぶと淫らな水音が響き渡る。

肉棒と陰嚢への同時責めに、俺はグッと腰を浮かした。蕩けるような愉悦が背筋を痺れさせる。

俺が無意識にアーヴィンの頭に手をかけると、彼女は嬉しそうに目尻を下げながら激しく頭を上下させた。ここまで責め立てられたら、長くはもたない。

そして、アーヴィンが喉の奥を使って先端を擦り上げたその瞬間――。

「あぁっ……ヤバいっ！　くっ！　イクっ！」

「ふぐっ!?」

まるで引き摺り出されるかのように白濁液が溢れ出し、アーヴィンが目を白黒させながらもそれを口内で受け止めた。

そして、シャーリーとザザは顔を上げ、受け止めきれずにアーヴィンの口の端から滴り落ちた精液へと舌を伸ばす。

それは、あまりにも淫靡な光景だった。

「姫殿下……独り占めはずるいよぉ」

「私にもお分けください……」

「ちょ、ちょっとあなたたち、や、やめっ……」

アーヴィンが肉棒を吐き出して逃れようとするも、ザザとシャーリーは彼女の口内に溜まった子種を求めて唇に吸いついた。三人の美少女が白濁液に塗れた舌を絡み合わせる淫猥な光景。

それは達したばかりの股間を再び滾らせるほどにいやらしかった。

三人の妻による愛情たっぷりのハーレム奉仕。身を起こして天にも昇りそうな無上の至福に浸っていると、彼女たちは興奮しきってどこか酩酊しているかのような目つきで俺のほうへと

迫ってくる。

「オズくん……だーい好きっ」

「旦那さま、愛しております」

「嫌いじゃないから。わ、わかってると思うけど！」

ザザはストレートに、シャーリーは敬意を込めて、そしてアーヴィンはやはり二人きりではない時にはツンツンした感じで。彼女たちは三者三様に愛を告げながら、同時に俺の頭を抱きかかえる。

むにゅっと、弾力を兼ね備えた六つの柔らかな膨らみが隙間なく顔全体を覆い尽くした。

もちろん息苦しい。だが、六つの乳房が織り成す至上の感触に俺は思わず頬を弛ませる。巨乳、美乳、貧乳、おっぱいに貴賤なし。みんな違ってみんな良い。

やがて三人は身を離すと次々に口を開いた。

「ねぇ、オズくん、もう我慢できないの！　抱いて！」

「ザザさん、あなたは昨晩可愛がっていただいたでしょう！　旦那さまには、今日は私を可愛がっていただくのです」

「二人ともわかってないわね。オズが今抱きたいのは私よ」

そして、三人は挑戦的な視線をぶつけ合うと、三人並んでこちらへとお尻をむけ、四つん這いになった。その煽情的すぎる光景に、嫌でも胸がドキドキと高鳴る。

「さあ、選びなさい！」

アーヴィンがそう促すも、もちろん選ぶことなんてできるわけがない。三人とも可愛い俺の奥さんだ。俺が頬を引き攣らせるのを目にして、シャーリーが口を開いた。

「申しわけございません。旦那さまを困らせるつもりはございません。ご提案ではございますが、三人とも順番に可愛がっていただくということではいかがでしょう。第一夫人から順番に」

「あ、ああ、そうだな！　そうしよう！」

思わぬ助け船に、俺は思わず食いついた。

だが、気がつくと、アーヴィンとジゼルがじとっとした目をシャーリーに向け、そのシャーリーはというと、ニコニコしながらグッと拳を握っていた。

考えてみれば、第一夫人といえば、最初に妻になったシャーリー自身である。

「シャーリー……やってくれたわね」

「そんな方だと思いませんでした」

「ふふふ、勝負は勝てばいいのですよ、勝てば！」

俺としては苦笑するしかない。

「ただの順番だからね！　ちゃんと平等に抱くから！」

そして俺はベッドの上を膝で歩いて、シャーリーの尻を引き寄せた。

視界の端でアーヴィンがムッとしたような顔をして、ザザが羨ましげに唇を尖らせる。

しかし、今は二人のフォローをするよりも一人一人愛情を込めて可愛がってあげることのほうがきっと大事なのだ。

　俺は左手でシャーリーの腰を摑み、右手でペニスの先をクレバスに宛てがって、一気に腰を突き出した。

「んあぁぁぁん！」

　背を弓反らせて歓喜の声を上げるシャーリー。

　そのまま、俺は性欲の赴くままに激しく奥を突きまくる。

「あっ、あぁん、これ、これですぅ、旦那さま、あ、あんっ、いいっ、いいいいっ！」

　近衛騎士団序列二位にして王国屈指の女騎士、アカデミーでも彼女に憧れる生徒は多い。そんな彼女が獣のように背後から貫かれて、快感に蕩けた表情を浮かべている。

（やっぱり、一番相性がいいのはシャーリーだな）

　単純に一番多く肌を合わせてきたからかもしれないが、奥行きや締まりなど、性器同士の結合具合は、やはり彼女が一番だと思う。

　その具合の良さをより丹念に味わうために、俺は大きく楕円を描きながら、ペニスと膣襞全面を強く擦り合わせるように捏《こ》ねくりまわした。

「あんっ！　そ、そこです。旦那さまのが私の奥をコリッて、あ、あ、あっ、はぁあああん！」

　一つに結わえた金髪が踊るように跳ねて、彼女の愉悦を形あるものにする。

　それにしても、シャーリーは俺にはもったいないぐらいの美少女だ。

丸く張ったヒップと、鍛え上げられて引き締まったウエスト。それとは対照的に大きく実ったバスト。男の理想を形にすると、彼女の姿になるんじゃないかとすら思う。

「あっ、ひっ！　は、はげしっ、あ、あ、あっ！　旦那さまっ！　あ、あああっ！　あああっ！」

腰の動きを円運動からピストン運動へと変えて速めると、彼女は崩れ落ちるように顔をシーツへと埋めた。尚も激しく突き込みながら、俺はシャーリーへと問いかけた。

「シャーリー！　気持ちいい？」

「気持ちいいですぅぅうう！　すごく感じてっ、あんっ！　旦那さまのち○ちんの先っぽ、出っ張りがひっかかってぇええ！　私の中でズルズル擦れて、とっても気持ちいいですぅうう！」

こんなに感じてくれて嬉しくならないわけがない。

「シャーリーッ！　もっと気持ちよくしてやるからな！」

「はいっ！　旦那さまぁ！　私を、シャーリーを無茶苦茶にしてくださいぃいいい！」

俺たちは、他の二人の存在を忘れてしまうほどに激しく交わりあった。

我を忘れるほどに突き込んでも、彼女の膣襞はしっかり男根を包み込み、蕩けるような一体感を常に味わわせてくれる。彼女の感じ方もいつも以上で、丸い尻がパンパンと乾いた音を立てるたびに、生温かな愛液がこちらの下腹から太股にまで盛大に飛び散った。

「もう、いつまで二人だけの世界作ってんのよ！」

「シャーリー先生ばっかりズルいぃ！」

シャーリーの肢体に溺れて意識から消えてしまっていた二人が、突然左右から身を摺り寄せてくる。そしてアーヴィンが俺の乳首に舌を這わせ始めると、ザザもまた反対側の乳首に吸いついてきた。

「ふ、二人とも、そんな急に……っ！」

乳首責めの快感に、俺は思わずピクッと身を震わせる。

「うふふ、男の人も乳首って感じるのね。ツンツンしてて可愛い」

「ピクピクしてるぅ！　あはは」

楽しげに言葉を交わしつつ、彼女たちはピンクの突起を翻弄する。

「んっ、こ、こら二人とも、そんなに吸われたら、ぐっ……」

「あなただって、吸わないでって言ってもやめてくれないじゃない」

「うふふ、じゃあ私は噛んじゃおっと」

アーヴィンが、ちゅううッ、と強く吸いつけば、今度はザザが、ツンと尖った蕾を甘噛みする。

「ううっ、二人ともあとで覚えてろよ！」

恥ずかしさのせいで股間が一層硬く張り詰め、その上、快感に流されまいと必死に腰を動かすのだから、突き込まれているシャーリーにしてみれば堪ったものではない。

「んあぁあぁん！　激しぃい！　そんなに奥ばかりズンズンされると、あんっ、ああっ！　こ、壊れてしまいますぅ！」

陽光差し込む日中の寝室に、己の下腹とシャーリーの豊かな尻がぶつかりあう乾いた音が、激しい喘ぎ声とともにパンパンと鳴り響いた。

「シャーリー！　愛してる！」

「んぁ！　私も愛してますっ！　旦那さまっ！　旦那さまぁっ！」

乳首を責め立てる二人の舌、膨らみ切った亀頭が子宮を押し潰す感触。狭隘な膣洞と肉棒が隙間なくピチッと食い込みあう一体感に、俺とシャーリーは愛を叫びながら、共に官能の頂へと駆け上っていく。

「くッ、イクぞ！　シャーリー！」

「あぁ！　出してください！　旦那さまの熱いの！　私の中にいっぱいぴゅっぴゅしてっ！」

ズンッと最奥まで突き込み、最も深く繋がった状態で精を解き放った。

「ああッ、旦那さまっ！　出てますっ、熱いのがいっぱいっ……ああっ、イクッ、イクイクイクッ！」

子宮へと流れこむ大量の白濁液、彼女の肢体にビクビクビクッと、さざ波が走る。

「ぐっ、締まるっ！」

絶頂に伴う収縮に、俺はぎゅっと眉根を寄せた。

膣全体が著しく締めつけを増し、柔襞が蠕動して俺のモノを搾り上げる。

「ああっ……旦那さまの精液が膣内《なか》に出てるっ……あつい……あついですぅ」

恍惚とした表情でうわ言のように呟くシャーリー。そうしている間もビュルッ、ビュルルッ、と絶え間なく吐き出される愛の証し。

やがて最後の一滴まで注ぎ終えると、彼女はそのままベッドに倒れ込み、肉棒がズルリと抜け落ちた。

ふぅと大きな吐息を漏らすと、アーヴィンが乳首から口を離して腕組みをする。そして――

「じゃあ、次は私だけど……そうね。抱かせてほしいって懇願するなら、最初に私を抱かなかったことを許してあげてもいいわ」

――と、思いっきりツンデレた。

俺としては苦笑するしかない。二人っきりになったら三人の中でも一番の甘えん坊のくせに、シャーリーやザザがいるとこの態度である。

「へぇ……アーヴィンは俺に抱いてほしくないんだ？」

いつもなら笑って済ますところなのだが、射精直後特有の謎の冷静さのせいか、俺は自分に媚びてこないお姫さまに、ちょっといじわるしたくなってしまった。

「うっ!?　な、なによ！　やせ我慢は身体に悪いわよ？」

アーヴィンは怯むような素振りをみせながらも、まだツンを崩さない。

「ふーん……。なら、いいや。ザザはどう？」

「抱いてほしいに決まってるでしょ！」

しかもへたり込んでいたシャーリーまで身を起こして再びお尻を高く掲げる。

「姫殿下がいらないならその分、私がもう一度……」

途端にアーヴィンが慌て始め、顔を真っ赤にしてベッドに横たわる。

「その……いいわよ。……わ、私のことも……す、好きにして……」

アーヴィンほどの美少女にこんなことを言われたら、本来ならば一も二もなく襲いかかってしまうところだが、ここはグッと我慢。もう少し焦らしてやろうと思った。

「折角だし、もっと可愛く誘ってほしいな」

「な、なっ……ぐっ……」

後で覚えておきなさいと言わんばかりの眼光で睨みつけてくるアーヴィン。だが、俺がザザの肩を抱き寄せると、悔しげに瞳を潤ませた。

アーヴィンはゆっくりと脚を開きながら、恥じらうようにこう口にする。

「だ……旦那さま……の逞しいち○ちんでわ、私をい……いっぱい可愛がってほしい……にゃん」

「「にゃん!?」」

俺とザザが思わず目を丸くすると、アーヴィンの顔が沸騰するかのごとくに真っ赤になった。

どうやら『可愛く』という俺の一言に応えようとした結果が、この「にゃん」だったのだろう。

「ち、ちがっ！　今のなし！　今のは違うからっ！」

慌てたところでもう遅い。ザザは顔を背けて肩を震わせ、俺は俺で彼女のあまりの可愛さにもう我慢ができなくなっていた。

俺は慌ただしくアーヴィンに覆い被さって、そのまま肉棒を蜜に溢れたクレバスへと一気に突き入れる。

「ふにゃあぁぁ！」

恥ずかしさのせいで、さっきの「にゃん」が意識に残りすぎてしまったのだろう。やたら猫っぽい声を漏らして、アーヴィンは慌てて口元を押さえる。

彼女はもはや耳の先まで真っ赤。そしてなにより恥ずかしさのせいか、突き込んだ膣洞がいきなりキツく収縮した。その強烈な締めつけに俺は思わず身を震わせる。

「うぉおおお！　可愛い！　可愛いぞアーヴィン！」

興奮しきった俺は理性を完全に吹き飛ばし、激しく腰を動かし始めた。

「ひっ！　ちがっ、そ、そんなに可愛いとか、あんっ、い、いわなっ、ひっ、にゃっ、あんっ、い、いきなりそんなっ！　あ、あ、あ、あんっ、にゃあぁあああっ！」

もはやツンの部分は見る影もない。それどころか、本人も気づいているのかいないのか、喘ぎ声が猫っぽいまま戻らなくなってしまっている。

「あ、あ、あ、にゃぁ、あっ！　すごいっ！　すごぃいい！　ち○ちん、奥、すごい当たってるぅうう！」

俺は興奮のままに身を起こし、彼女の丸みを帯びた腰を掴んで一層深く肉棒を突き入れた。

「にゃあぁぁん！　奥までズンってきたああああぁあぁ！」

首でブリッジするかのように、アーヴィンが顎を反らして仰け反る。

白いシーツとコントラストを描く艶やかな黒髪。ツリ目がちな目が垂れ下がり、ゆるんだ口元から涎が零れ落ちた。だらしない快感の相を浮かべるツンデレ妻の姿に、俺の興奮は天井知らずに昂っていく。

「ひぁあっ、い、いいっ！　あなたぁ、いいいっ！　あんっ、あんっ、あんっ、あんっ、あんっ！」

そんな最中、激しく身悶えるアーヴィンの上に、突然ザザが覆い被さった。

「もぉ！　こんなの見せられたら我慢なんてできないよぉ！　オズくぅん！　私にもおち○ちんちょうだい！　ちょうだいよぉお！」

昨晩まで処女だったはずの彼女が自ら尻を突き出し、指で大陰唇を左右にくぱぁと開いて誘ってくる。サーモンピンクの肉粘膜が淫らに濡れ光っていた。

「ちょっと、ザザ！　邪魔しないでよぉ！」

「うるさい、こうしてやるんだから！」

「ふぐっ！　んんんっ！」

アーヴィンの抗議に、ザザはいきなり彼女の唇に唇を重ねて黙らせる。驚きに目を見開くアーヴィン。だが、ザザは興奮しきった様子で彼女の唇を貪った。

目の前で繰り広げられるあまりにも淫らな光景に、俺の昂りは限界を超えた。

「ザザ！　割り込んでくるような悪い子にはお仕置きだ！」

アーヴィンの濡れに濡れた蜜壺からペニスを引き抜き、指で広げられ、糸を引いて蜜液を滴らせるザザの肉裂を串刺しにする。

「あぁぁん！　キタあああぁぁぁ！」

「いやぁあん、私のち○ちん盗らないでよぉおおお！」

途端に、彼女は身を仰け反らせ、歓喜の叫びを宙に放ち、一方のアーヴィンはジタバタと脚でシーツを蹴り上げた。

「あんっ、あんっ、あんっ、ち○ちん気持ちいいよぉ、最高っ、ねぇ、うらやましいでしょ、あんっ、あんっ、あ、あ、あ、あっ！」

そのまま激しく突き込んでやると、ザザは激しく身悶えながら、アーヴィンを煽る。するとアーヴィンはムッとしたような顔をしながら、ザザの胸を鷲掴みにし、股間へと手を伸ばした。

「割り込んでくるようなはしたない子はこうしてやるっ！　さっさとイっちゃえ！」

「あんっ！　ちょ、ちょっと！　や、やめっ！　あ、あ、あ、あっ！　そ、そんなとこ擦らないでっ！　ひっ！　あ、あ、あ、あ、あっ！」

背後からの突き込みに加えて、アーヴィンに乳首とクリトリスを刺激されたら堪ったものではない。ザザは激しく身を捩って耳に痛いほどの嬌声を上げる。

すると今度は、背後から俺にシャーリーが抱きついてきた。

「はぁん……旦那さまぁ、私だけ仲間外れはイヤですぅ」

「な、シャーリー!?」

彼女は俺の顎に指で触れて振り向かせると、そのまま唇を重ねてくる。唇を割って入り込んでくる熱い舌。舌と舌が擦れ合うザラッとしてヌメッとした感触。

「はぁん、れろっ、んんっ、じゅるっ、んんっ、んはぁ……」

シャーリーと濃厚なキスを交わしながらも腰の動きは決して止めない。

「うぁっ、あ、こ、こんなの、お、おかしくなるっ、おかしくなっちゃうからぁ！」

ザザは深々と貫かれながら、アーヴィンに胸とクリトリスをねちっこく捏ねくりまわされて、身も世もなく喘ぎ散らしている。

彼女のあられもなく身悶えている姿に、アーヴィンなりに感じるものがあったのだろうか、彼女は胸を揉みしだく手を止めると、今度はこっちの番だと言わんばかりにザザの首に手を回し、下からいきなり唇を重ね合わせた。

「んぐっ!?　んんんっ!?」

ザザが大きく両目を見開いたのは一瞬だけ。すぐに瞳をトロンと蕩けさせ、うっとりした顔をして、濃密に舌を絡め始める。

パンパンと肉を打つ音に、舌と舌が絡み合う淫靡な水音、そこに甘い吐息が彩《いろどり》を添える。もはや俺たち四人は一つの肉の塊と化して、ただひたすらに快楽を貪っていた。

興奮はとどまるところを知らず、俺は、ザザに深く突き入れていたペニスを引き抜き、間髪入れずにアーヴィンへと突き入れる。

「やぁあああっ！　抜いちゃやらっ！」

「んはあぁ！　おかえりなさぁい！　あんっ！　あんっ！　ち○ちん最高、あ、あっ、ち○ち

ん神なのぉ！　ぁぁあああぁっ！」

途端に二人は唇を離して、ザザは盛大にイヤがる声を上げ、アーヴィンは快感に表情を蕩けさせた。それとほぼ同時にシャーリーも唇を離す。

「はぁ、はぁ……旦那さまのお身体……すてきですぅ」

彼女は首筋から背中へと俺の肌に舌を這わせ、唾液の線を描きながら、ゆっくりと南下していく。

俺はそのままアーヴィンを数度突いては、ザザへと移動し、快感の波が引いてしまうより前にまたアーヴィンへと移動した。交互に二つの蜜壺の異なる感触を味わう贅沢に酔いしれる。

俺たちは三人一緒に快感の階《きざはし》を駆け上がっていった。

「あんっ、オズくぅん、いいっ、気持ちいいっ！　あ、あん、あんっ、あぁああっ！」

「うぅ……ザザ、気持ちよさそう、あなたぁ、こっちにも頂戴、ち○ちん戻って来てぇ」

二人の妻の喘ぎ声とおねだりを交互に聞きながら夢中になって腰を突き込んでいると、不意打ち気味にとんでもない快感に貫かれて、俺は、ビクッと身を跳ねさせる。

慌てて背後を振り返ると、シャーリーが自らの股間を指で慰めながら、俺の尻の間に顔を埋めていた。

「なっ、お、おい、シャーリー!?　くっ……」

「はぁ……旦那さまのお尻っ、んんっ、ん、れろっ、れろんっ、れろっ……」

うっとりと表情を蕩けさせる彼女の舌の蠢きに、思わず声が出そうになる。あまりの快感に腰の奥で渦を巻く熱い欲望がここから出せと暴れ出し、俺は突き込む腰の動きを速めた。

「あぁあん！　ま、また激しくなったぁ！　オ、オズくぅん、らめっ、こんなのっ、あんっ、あんっ、あ、あ、あ、あ、あっ！」

「あぁっ！　キタっ！　あ、あんっ、あんっ、あなたぁ、もっと、もっと激しく突いてぇ、あん、あんっ、あぁあああっ！」

ザザ、アーヴィン、またザザと行き来しながらの激しい動きにもかかわらず、女騎士妻の舌は後ろから献身的に奉仕してくれる。

股間の前から後ろから。そんな贅沢すぎる肉悦に挟まれて俺は勢いよく仰け反った。

「くっ！　射精《だ》すぞっ！」

俺がそう声を上げると、ザザとアーヴィンが必死に自分の膣内《なか》で出せと訴え始める。

「オズくぅん！　私の膣内《なか》でイって！　いっぱい頂戴っ！」

「私！　私に射精《だ》して、全部受け止めてあげるっ！　おねがいっ！」

腰の動きを限界まで早めつつ、二人を交互に突き上げる。

「ひぃっ、あんっ、あ、あ、あ、あっ、私も、もう、い、イキそうっ……」

「あああっ、あなたぁ、あなたぁ、あんっ、あんっ、あんっ、ダメっ、もうっ、ああっ！」

どちらに射精するかは、もはやタイミングの問題。そして、ザザからアーヴィンへと移動した瞬間、遂に限界が訪れた。

限界まで膨張した男根がアーヴィンの奥の奥を突き上げながら一気に弾ける。灼熱の粘液が尿道を駆け上がって彼女の膣内へと溢れ出た。

「あぁああぁあっ！　あ、あついぃぃい！　イクっ、イクっ、イクゥウウウ！」

大きく背を仰け反らせるアーヴィン。だが、俺は止まらない。尻に力を込めて射精を中断し、脈動するペニスを引き抜いて、今度は勢い良くザザへと突き込んだ。

「いぎっ！　きたぁあああ！　ひっ、イク！　イクっ！　あ、あ、あっ、あぁあああぁあっ！」

そして、射精しながらの全力ピストン運動。膣と肉棒との間から精を噴き零して、俺は脳が焼き切れそうなほどの絶頂を味わった。

「はぁぁぁあ……」

長い長い絶頂の末に、俺は全てを出し切ってしまうと、ぐったりと折り重なる二人の上へと倒れこむ。そして、背後に目を向けると、シャーリーもまた自分の指でイってしまったのか、息を荒げて座り込んでいた。

「オズくぅん……愛してるぅ」

「わたしのほうが愛してるわよ」

うわ言のようなザザの囁きに、アーヴィンがまた張り合う。

この二人は、ずっとこんな感じなのかもしれないなと、射精直後の気怠さの中で、俺はかすかに口元を弛めた。

エピローグ　みんな仲良く

「これは……また、媚薬が分泌されていますね、ふむ……想定よりかなり早いですが」

翌朝、ベッドメイクに寝室を訪れたジゼルが、部屋の惨状に眉を顰めながら、そう呟いた。

結局、俺たち四人は昼から夜を越え、翌朝まで寝食を忘れて互いを貪り合ったのである。

言われてみれば、確かに三人が三人ともあれだけ乱れたのはちょっとおかしい。だが、それも媚薬のせいだと言われれば腑に落ちた。

「オズマさま、本日、アカデミーからお帰りになったら、また媚薬除去の施術をいたします。よろしいですね？」

「ああ、頼む」

「それで……シャーリーさまはともかく、姫殿下とザザさまは登校……なされますか？」

ジゼルの視線を追ってベッドに目を向けると、そこには三人の妻が白濁液に塗れてぐったりと横たわっている。

「私は休むわ……」

アーヴィンがそう言って寝返りを打つと、ザザがゆっくりと身を起こした。

「私は……行く、絶対行く。だって……オズくんと婚約したって、みんなに言わないと……」

昨夜のうちに話しあったのだが、表向きは俺とザザが婚約したことにして、あの求婚ラッシュを終わらせることになっている。

そして、彼女の実家には結婚までの間、行儀見習いという名目でアーヴィンの侍女として仕えることになったと報《しら》せることになっていた。

「いや、婚約したってみんなに言うだけなら、俺だけでも……」

一晩中、セックスに興じていたのだ。彼女は身を起こしただけでふらふら、指先が小刻みに震えてさえいる。

「だって、表向きの婚約者は私！　っていうことは、アカデミーで公然とオズくんとイチャイチャできるのは私だけってことなんだから！　もったいないじゃん！」

ザザがそう口にした途端、アーヴィンとシャーリーが凄い顔をして身を起こす。

「わ、私も行くわ！　抜け駆けなんてさせないんだから！」

「姫殿下、よろしくお願いします」

だが、ザザは二人を挑発するようにいたずらっぽい微笑みを浮かべた。

「えー、でも姫殿下は精霊王と契るはずだしぃ、姉と弟は結婚できないからぁ、やっぱりオズくんと人前でイチャイチャできるのは、わ・た・しだけじゃん。やったねザザちゃん、大勝利！」

この時のアーヴィンとシャーリーの表情については、見なかったことにする。

みんな仲良く。それが大英雄ならぬ、自称ただの男である俺の唯一の願いである。

《了》

特別収録　ツンデレ姫のやきもちデレ

「あ……あの、アーヴィン？」

「……今日は姉さんが公務で居ないのよ」

昼下がりの誰もいない生徒会室。アーヴィンは強引にそこへと俺を連れ込んだ。

扉を閉じ、後ろ手に鍵を掛けた彼女は、そのまま俺を壁際へと追い詰めるように迫ってくる。

そして、じっと視線を合わせながら、彼女は責めるようにこう口にした。

「ザザとばかりイチャイチャしてどういうつもりなのかしら？　ゆるさないわよ。この浮気者！」

「あ、いや、そんなつもりはないんだけど……」

そもそもザザを第三夫人として迎え入れたのは、アーヴィン自身である。お蔭でザザとの婚約発表以来、ご令嬢たちの強引なアプローチは激減し、どうにか平和な日常が戻りつつある。

だが、その一方で婚約者という大義名分を得たザザが、人目を憚ることもなくベタベタと俺にくっつき始め、アーヴィンの機嫌は目に見えて悪化していた。

「誰が一番か思い出させてあげるわ」

そう言い放つと、アーヴィンは俺を壁に押さえつけるように強引に唇を重ねてくる。こういう状況になってしまえば、俺としても覚悟を決めるより他にない。

校内でこういうことをするのは流石に気が引けるが、これ以上アーヴィンに不機嫌になられるのは、正直身の危険を感じる。背後から火球《ファイアボール》が飛んでくる心配はしたくないのだ。

俺は迎え撃つようにわずかに開いた彼女の唇の間から、唾液を乗せた舌を送り込んだ。

自分からキスしておきながら彼女は一瞬戸惑うように後退りかける。だがその身を抱きしめると、すぐに顎から力が抜けて、閉ざされていた前歯が開かれた。

舌と舌とがぬるりと擦れ合う淫らな快感。しばらく俺は彼女の唾液と口腔粘膜を味わって、逆にその小さな舌を自分の口内へと導き入れる。

「んっ、んっんっんっ、んんうぅぅ」

いっぱいに伸びきるまで舌を吸い上げられ、アーヴィンは苦しげな鼻声を漏らしてもがいていたが、ほどなく全身の力が抜けてしまったかのようにおとなしくなった。

「はぁぁ……オズぅ……しゅきぃ」

唇が離れて深い吐息を漏らすアーヴィン。その瞳はうっとりと蕩けきったものへと変わっている。

相変わらずの感じやすさに、俺は思わず頬を弛めた。

普段のツンはツンのままだが、デレに転じた時の甘え方が日に日に極端なものに変わっているような気がする。もはやデレというよりは蕩け切ってドロドロ。ツンデレを超えてツンドロとでも呼ぶべきものへと変わってしまったように思える。

まっすぐ立っていられなくなったのか、彼女はふらふらと俺にもたれかかってきた。

俺は制服の裾から手を滑り込ませる。脇腹をじかに触れられて、彼女の肌がぴくりと震えた。しっとりと汗ばんだ肌の上で指を這い上がらせ、胸を包む下着へと到達する。指先に感じる細やかな刺繍の感触。俺は布地の上から、中身を確かめるように微かな膨らみを撫でまわし始めた。

ザザやシャーリーのようなサイズや質感はないが、薄い肉にツンと尖った固い蕾《つぼみ》の存在はしっかりと感じられる。

「う、うぁ……あぁん……あぁ……」

快感を堪えるように彼女の手が、俺の上着を握り締めた。

もう一方の手をスカートの下から差し入れて尻肉を掴むと、彼女はさらに吐息を乱す。細身なのに肉付きの良い、意外と豊かな尻肉は、ザザやシャーリーとはまた違った魅惑的な手触りである。

「もっと、そこよりもっと……」

やっと聞き取れるほどの囁き声。俺はショーツのラインをなぞり、尻の谷間に沿って指を滑らせる。

「ここか？」

「んっ!?　ううぅ……」

シルクの滑らかな布地越しにスリットを捉えて、指の腹でぐいぐいと圧迫してやると、まるでその指に押し出されるかのように彼女の華奢な身体が前のめりになって、俺へとしな垂れかかってきた。密着する身体。固く閉じられた瞼に、微かに涙が滲む。

「なんだ？　イヤなのか？　いやだったらやめるぞ？」

「やめちゃいやぁ……いじわるしないでよぉ。ねぇ、あなたぁ……」

普段の彼女とは別人のような甘く切ない声。

「こんなふうにされたかったんだろ？」

「あぁん……いわないでぇ。あ、ダメっ！　そ、そんなにされたら、あ、あ、あんっ……んんっ」

喘ぎ声を呑み込むように唇で口を塞ぐと、今度は彼女の方から積極的に舌を伸ばしてくる。

小さな舌を絡めとりながら、俺は下着越しに胸を揉みしだき、隆起した乳首を捉えた。

短いキスを繰り返す間に、指の腹で転がされる乳首が硬くしこって勃ってくるのがわかる。

やはり彼女は感じやすい。下着ごしに掴んでいる尻も、俺の指を追うように控えめにくねり始めていた。

唇を離すとアーヴィンは、快感に表情を蕩けさせたまま崩れ落ちるかのように俺の前に跪く
「はぁ、はぁ……すごい……あなたの、もうこんなに硬くなってるぅ」

夏場の犬のように荒い呼吸。彼女は快感に蕩けた目をして、震える手でズボンの上から勃起を撫で回した。そして、もどかしげに下着ごとズボンをずり下ろすと、俺の逸物がバネ仕掛けのようにぶるんと跳ね起きる。

「あぁ……すごいぃ、おち○ちん、もうこんなになってるぅ……」

アーヴィンの視線は勃起に釘付け。彼女は生唾を飲み込みながら、震える指先で茎の中ほどを握った。

「ああ……熱い……すごく硬くて、ドクンドクンって脈打ってる」

指に伝わる感触をそのまま口にして、彼女は先走りの体液をまとった先端にちゅっと口づける。そして愛おしくてたまらないとでもいうように裏側の筋に沿って丁寧に舐め上げてから、尖らせた舌先でカリの周辺を小刻みに擽《くすぐ》った。

「あぁん……あなたのおち○ちんって、どうしてこんなに素敵なのぉ……」

夢見心地の表情でそう口にして、彼女は亀頭の半分を唇に包み、中で舌をなすりつけるようにくねらせる。チュッチュッと音を立てて何度か吸いついては離し、彼女は垂れ落ちた前髪の隙間から俺の目を見上げた。

「あなたぁ……気持ちよくできてるぅ？」

いつもは強気な美少女の媚びるような表情に、一瞬俺は言葉を忘れて見入ってしまった。

「あ、ああ、上手だよ、アーヴィン」

髪を撫でてやると、彼女はうっとりと微笑んで愛撫を再開する。啄《ついば》むような小さなキスを繰り返し、彼女は次第に茎を撫でる指の動きを速めた。

昼下がりの生徒会室。そんなところで一国の姫に卑猥な肉棒をしゃぶらせている、そのあまりにも背徳的な光景を目にしているだけで達してしまいそうになった。

「アーヴィン……ダメだってば、このままじゃイっちゃうから……」

このまま射精してしまったら、彼女の顔や制服を汚してしまう。俺は必死に奥歯を食いしばり、尻に力をこめて堪えた。だが、そんな俺の表情を目にして彼女は、ますます肉棒を貪るように甘い愛撫に没頭していく。

「くっ、も、もうダメだ……」

俺の尻から内腿の筋肉が不規則に痙攣する。もうとっくに限界を超えていた。

「いいの、あなたの精液が出るところ、見せて」

陰嚢を手の中で転がしながら、アーヴィンがそう口にする。そして先端を舌の腹でねっとりと舐め上げられたその瞬間、とうとう堤が決壊した。

「やんっ……こ、こんなに出るの!?」

考えてみれば、胎内に受け止めることはあっても、ここまで至近距離で射精を目にするのは始めてかもしれない。

いきなり噴出した白い飛沫に、驚いたアーヴィンが後退った。その前髪から片方の瞼へと濁液がぶつかり、火照りきった頬へドロリと垂れ下がる。

ひとしきりの射精を顔で受け止め終えると、彼女は先端を口に含んで残さず粘液を吸い上げた。そして――

「うわぁ……どろどろぉ……」

頬や額を垂れる精液を指先で集めて、それを蕩け切った表情でしゃぶる。

「んんん、おいひぃ……よぉ」

アーヴィンは軽い酸欠状態なのか、まだ放心状態から戻って来られないでいる。そんな彼女の表情を見ているだけで、放ったばかりだというのに股間が強張っていくのを感じた。

「これで満足したわけじゃないだろ？」

俺がまた髪を撫でてやると、アーヴィンは焦点の合わない瞳で見つめ返してくる。そして淫らに微笑んで、コクリと頷いた。

「おねがい、あなたぁ……あーちゃん、いっぱい可愛がってほしいの」

俺は彼女の華奢な身体を抱え上げ、部屋の奥へと運ぶ。

ソファーに横たわらせて制服のブラウスを捲りあげると、興奮のせいか彼女の白い肌はじっとりと汗ばみ、下着が薄い胸に貼りついていた。

そのまま純白の下着の上から撫で回すように微かな膨らみを愛撫する。彼女は精液に汚れた顔を真っ赤に染めて、うつむいたまま快感とくすぐったさを噛み殺すように、もじもじと身をよじった。

「あっ、あぁん、あぁっ……」

俺の指がブラの下へと潜り込むと、彼女は身を固くして、ソファがギシッと軋む。

「どうした？　いやならやめるけど？」

手を止める俺。彼女はすがるような瞳を俺へと向けた。

「やだ、やめちゃ……いや。あーちゃん、もっといっぱいしてほしいのぉ」

普段の彼女からは想像もつかないような幼げな甘え声。懇願するような彼女の姿に胸の奥から愛おしさが溢れ出してくる。

「続けて……おねがい。もっと、いっぱいして……」

「ああ」

頭を撫でてやる代わりに、俺はフリルに飾られた白いブラをたくし上げる。皿を伏せたかのようななだらかな膨らみが二つ、甘い吐息とともに上下していた。

「んっ、んぁっ、んふぅ……」

愛おしむように柔肉を撫でまわせば彼女の声が上擦る。突起を軽く潰すようにつまんでやると、硬いしこりのような弾力が指を押し返してきた。

俺の指で形を変える、乳房と呼ぶには肉の薄い膨らみ。俺は乳肉の裾野を寄せ集めるようにして、その頂にしこり勃った、淡く色づく乳首へと唇を寄せた。

「んはっ、あああんっ」

可憐な唇から、もう一段高い声が溢れだす。乳輪を唇に挟んで舌先で擽《くすぐ》ると、彼女は途切れ途切れに甘い声を漏らして、背筋をびくびくと波打たせた。

「気持ちいい？」

そう問いかけると、彼女は答える代わりに俺の頭を抱きしめて、自分の胸へと押し付ける。

俺は一層激しく、両手の指と唇と舌とを瑞々しい肌に這いまわらせた。

「あなたに触られたところ、全部熱くなってぇ……あーちゃん、もう、もう……」

彼女の声はすっかり裏返っている。胸からそのままやわらかなおなかをキスでたどって、白いショーツへ。捲れあがったスカートの奥、下腹部の中央、そこはクロッチを中心に湿った染みが広がっていた。

「もう、こんなに濡れてる……」

鼻を鳴らして、俺は愛する妻の発情臭をいっぱいに吸い込む。

「あああっ、やぁっ！　ニ、ニオイなんて、嗅いじゃやだぁ」

両手で俺の髪を掴んで押しとどめようとするアーヴィン。だが、かまわず俺は鼻先を布地にめり込ませるように押しつけていく。

やわらかな太腿を両手で抱え込まれ、動きを封じられてしまった彼女は、ただソファのスプリングを軋ませて身悶えることしかできないでいた。

「はぁあん、ぁあああああっ……！」

口全体で布地の上から秘丘に吸いつかれ、彼女は背筋を弓なりに反らせて、尾を曳くような悲鳴を上げる。

「んあぁんっ、だめっ、だめだってばぁ、んんうぅ……」

腰が激しくくねって、細い脚が宙を蹴った。どうにかそれを押さえつけながら、俺は布地をズラして慎ましやかに覗く粘膜組織にそっと口づける。

「やぁん、そんなとこ舐めちゃだめぇ……あ、あ、あ、あっ、あぁあああああっ！」

ほどなく、ひと際高い声を上げて、アーヴィンは全身を硬直させた。どうやら、軽く絶頂に達してしまったらしい。

「はぁ、はぁ、あぁ……」

だが、本番はこれからだ。ここまできてやめるという選択肢は存在しない。俺がショーツに手をかけても、放心しきったアーヴィンはただ潤みきった瞳で俺を見つめているだけ。

問答無用でショーツを脚から引き抜くと、白い下腹部が露わになった。

生白い下腹に刻まれた薄桃色のクレバス、その少し上の肌には、一つまみあるかどうかの軟らかな秘毛が湿って貼りついている。

膝を広げられて、ようやく彼女は思い出したかのように口を開いた。

「……挿れちゃうの？」

「ああ、もう我慢できない」

アーヴィンはすっかり放心状態で、ぐったりと力が抜けてしまっている。彼女は弱々しい声で喘ぎながら、内腿から尻の筋肉をひくつかせていた。

痛いほどに回復した勃起を握って、俺は彼女の脚の間へと腰を割り込ませる。

「……んぁっ！」

熱をもって滾り切った互いの性器が触れあって、アーヴィンの喉から小さな悲鳴が搾り出された。

「そのまま、力を抜いてて」

「ああ、あなたぁ……うぅぅ、あ、あ、あっ、んんっ……」

凶悪な肉棒が、蹂躙するかのように可憐な媚唇を巻き込んで沈み込んでいく。本能的にソファの上を後退ろうとするアーヴィン。だが、逃がすわけがない。

「くはっ！　あああっ！」

がくんとアーヴィンの頭が仰け反る。亀頭が秘唇の中へと潜り込み、そこから一気に粘膜を割り広げて、肉の杭が根元まで打ち込まれた。

「はぁ、はぁ、はぁ……」

目尻に涙を溜めて、肩で息をするアーヴィン。俺は、その頭を抱き起こして結合部を見せつけながら、耳元でこう囁く。

「見て。つながってるだろ？」

「あぁ……いやらしいよぉ……すごくえっちだよぉ」

熱に浮かされたように呟きながら、彼女はちょうど怒張の埋まっているあたりを肌の上から撫でさすった。

「あなたの……ここに感じるぅ、あーちゃんのなかにあなたがいるのうれしい、うれしいよぉ……」

「動くからね」

俺が軽く腰で円を描くと、彼女の口からは苦しげな声が搾り出される。その表情を窺いながら、俺はストロークの短いピストン運動に移った。

「あ、あ、あぁ、ひっ、あああああっ、あああっ！」

あられもない声を張り上げるアーヴィン。分泌物も手伝ってスムーズになったピストン運動のピッチを上げながら、俺は薄い乳房を掌で捏ね続ける。

「あ、あんっ、あなたぁ、あなたぁ、しゅきぃい、だいしゅきぃいいぃ」

俺は片手を胸から離し、腰を動かしながらクリトリスへと手を伸ばす。剥き出しになった敏感な部分を弄られて、彼女の膣襞が突如激しくざわめき始めた。

「ひっ、ひぁああん、や、らめっ、あんっ、そ、そんなの、すぐイっちゃうぅう」

収縮する膣壁。そのキツい締め付けに俺は思わず眉根を寄せる。一方アーヴィンはもはや表情を取り繕うこともできずに、既に精液に汚れた顔を涙と鼻水でぐちゃぐちゃにして、小刻みに身を震わせていた。

「気持ちいいよ、アーヴィン」

彼女の膣襞は咥え込んだ異物にぴっちりと貼りついて、痛いほどに搾り上げてくる。その抵抗に逆らって、俺は激しく腰を突き動かし続けた。

「ひっ、ひぃいい、ら、らめっ、ぁ、あ、あ、あっ、あああああああっ！」

白い肌がうねって、小ぶりな乳房が振動する。媚態を見せつけられるままに、俺の腰のピッチはひとりでに速くなっていく。さっき射精したばかりだというのに、早くも尻肉が震え、射精の衝動が押し迫ってきた。

「あ、いやぁあ、イクっ、いやぁ、まだイキたくにゃいっ！　一緒にイきたいっ、一緒にイキたいのぉ、クリトリス、らめぇ……」

　このままじゃ自分だけが先にイってしまうと、必死の形相で訴えるアーヴィン。しかたなく俺はクリトリスから指を離し、濡れた指先を半開きのアーヴィンの口へと押し込んだ。

「んんんんっ、んんむうぅんっ……んんんっ」

　半ば本能的に、彼女は自らの愛液に濡れた俺の指に舌を絡ませ、ちゅうちゅうとしゃぶりつく。だが、俺が一層激しく腰を叩きつけると、甲高い喘ぎ声とともに指を吐き出した。

「んっはあぁあっ、あなたぁ、あーちゃん、あーちゃん、らめぇ、もうらめえぇっ、イって、おねがいぃい、イってぇぇ！」

　突き上げられるままに全身を弾ませるアーヴィン。二人のうねりが一つになって、ソファのスプリングが悲鳴を上げ続けている。請われるまでもなくもはや俺が臨界を迎えるのに、時間はかからなかった。

「ああ、アーヴィン！　射精《で》るっ、射精《で》るぞ！」

「う、うん、ちょうだいっ！」

　必死の形相で目を剥きながら、彼女がコクコクとうなずく。彼女は長い黒髪をソファーに散らし、押し寄せる快楽に必死に抗っていた。

　衝動に衝き動かされるような激しいラストスパート。

「あぁ、あ、あ、あ、あ、あぁあああっ！」

　アーヴィンは秘奥を突き上げられるままに、全身を波打たせ、悲鳴にも似た声をただ震わせている。

「ぐっ、あぁっ！」

俺が吼えたその瞬間、彼女の胎内で怒張が破裂した。

「あぁあぁあっ！　あっ、あついぃいいい！　イクっ！　イクゥうう！　あぁあああっ！」

溢れ出した精液に胎内を責められて、アーヴィンは見も世もなく喘ぎ散らす。ビクンビクンと激しく脈動する肉棒。彼女は俺の首筋に縋りついて身を強張らせた。

やがて、牡の欲望を放ち終えた俺は、ぐったりと彼女の上へと倒れ込む。

陽が差し込む午後の生徒会室。そこは一般生徒の立ち入れない区画にあるおかげでシンと静まり返り、しばらくは二人の呼吸音だけが耳につくほどに響いていた。

《了》

あとがき

この度は、ブレイブ文庫版『伝説の俺』第二巻をお手に取っていただき、誠にありがとうございます。

一巻二巻同時発売ということで……困りました、後書きにネタの使い回しができません。

これたぶん、H編集長の陰謀です。間違いありません。

仕方がないので、裏話的な話を。

世間一般的にマサイは『なろう系』に分類されている訳ですが、実は、なろうっぽい作品をほとんど書いたことがなくてですね。

これは流石にいかんのではないか、なろうなろう詐欺ではないかと、この作品にはなろうテンプレをふんだんに使ってやるぞ！　という意気込みで『伝説の俺』を書き始めたわけです。

一巻のオズマが何かすると『流石、オズマ殿！』って言われるところや精霊力が高すぎて水晶玉が割れるシーンなんかがそうなのですが、二巻に入るともう息切れして、ほとんどテンプレ展開がなくなり、いつものマサイに戻っております。慣れない事はするものではないという典型です。

その上、「よし、もっとエロ増やしましょう」的な打ち合わせと僕自身、トコビ先生の絵でエロいザザ見たいというやむを得ない事情があり、二巻後半からWEB版から大きく逸れて書き下ろし、ＷＥＢ版ではザザは嫁になってませんし、ボルトン先輩も登場していません。

後先考えない刹那主義的なこんな自分が大好きですがその結果、「これ辻褄あわせようと思ったら、三巻ほぼ書き下ろさないとしかたなくね？」「じゃあ、書き下ろしましょう」的なやりとりがあり、めでたく三巻ほぼ書き下ろしです。死ぬかと思いました。

というわけで、来月発売の三巻は新キャラでるわ、ＷＥＢ版でまだ生きてるキャラ死ぬわと、八割方書き下ろしになっておりますのでお楽しみに！

裏話の皮を被ったただの三巻の宣伝になってしまったので、このあたりで謝辞に移らせていただきます。

Ｈ編集長始め一二三書房の皆さま。本当にありがとうございます。

イラストをご担当いただいたトコビ先生、本当にありがとうございました。毎回最高のイラストを上げていただけて、先生にお願いできてよかったという思いでいっぱいです！

コミカライズ版作画のわた・るぅー先生。担当のＳさま始めＫＡＤＯＫＡＷＡの皆さま、とても良いコミカライズに仕上げていただいて感謝しております。

最後に、見て見ぬふりをしてくれる家族、応援してくれる友人達。

そして読者の皆さま。本当にありがとうございます。

来月発売の三巻、そしてコミカライズ版一巻で、またお会いできることを祈りながら。

マサイ

BRAVENOVEL
ブレイブ文庫

伝説の俺 2

2023年12月25日　初版発行

著　者　　マサイ

発行人　　山崎　篤

発行・発売　　株式会社一二三書房
〒101-0003 東京都千代田区一ツ橋2-4-3
光文恒産ビル
03-3265-1881

印刷所　　中央精版印刷株式会社

■作品の感想、ファンレターをお待ちしております。

■本書の不良・交換については、メールにてご連絡ください。
株式会社一二三書房　カスタマー担当
メールアドレス：support@hifumi.co.jp

■古書店で本書を購入されている場合はお取替えできません。

■価格はカバーに表示されています。

■本書は小説投稿サイト「ノクターンノベルズ」(https://noc.syosetu.com/)に掲載された作品を加筆修正し書籍化したものです。

ISBN 978-4-8242-0084-6 C0193